谨以此书献给朴实勤奋的农村金融同仁们

献给黄河岸边的奋斗者和思考者

献给陇南山区和那个小小村落

那个给我营养肥料,给我智慧 坚强

生命与觉醒 淳朴与宽厚的原始村落

还有那血浓于水的父老乡亲

我奢望 把这些心灵碎片

赠予我的朋友

儿时伙伴

一起分享怀记这份简单朴实……

秦风半两

王锐平 著

中国言实出版社

图书在版编目(CIP)数据

秦风半两 / 王锐平著. -- 北京 : 中国言实出版社, 2023.1

ISBN 978-7-5171-4360-4

Ⅰ. ①秦… Ⅱ. ①王… Ⅲ. ①散文集–中国–当代 Ⅳ. ①I267

中国国家版本馆CIP数据核字(2023)第005275号

秦风半两

责任编辑：王建玲
责任校对：史会美
封面题字：秦理斌

出版发行：中国言实出版社

地　址：北京市朝阳区北苑路180号加利大厦5号楼105室
邮　编：100101
编辑部：北京市海淀区花园路6号院B座6层
邮　编：100088
电　话：010-64924853（总编室）　010-64924716（发行部）
网　址：www.zgyscbs.cn　电子邮箱：zgyscbs@263.net

经　销：新华书店
印　刷：甘肃浩天印刷有限公司
版　次：2023年9月第1版　2023年9月第1次印刷
规　格：880毫米×1230毫米　1/32　8.5印张
字　数：230千字

定　价：58.00元
书　号：ISBN 978-7-5171-4360-4

序

涓涓心路　如饮春露

——读王锐平散文集《秦风半两》

◆ 吴文茹

“蒹葭苍苍，白露为霜。所谓伊人，在水一方。”《诗经·秦风》从结构和意境上看，说明当时诗歌在西垂已历经漫长的积淀与发展，文学已从劳动活动中结晶成独立的存在。这些刻在骨子里的品质和智慧成就了秦人，这些官方和民间流传的众多诗句滋养着秦人的灵魂，在残酷的环境中传承与提升着属于自己的文化根脉。

读王锐平散文集《秦风半两》，在古朴的秦风雅韵中，平凡的浪漫和岁月的温暖扑面而来。作者在 30 多年的农村金融工作中，情注金融，快乐生活，惬意书写，像虔诚的文学问道者，热情记述着生活中的真善美；又以专业金融从业者的视角，忠实记录了农村金融的发展和乡村振兴的脉络。

俄国文学家高尔基说：“文学的任务，艺术的任务究竟是什么呢？就是把人身上最好的、优美的、诚实的也就是高贵的东西用颜色，声音，字句表现出来。”文学创作，所描绘的是创作主体的心理世界，是作者的实践活动、生命活动、心理活动的结晶；反映的是一种心灵化了的社会生活。中国的《诗经》，印度的《吠陀》，巴比伦的《吉尔伽美什》，希腊的《伊利亚特》……每个民族都以文学经典中焕发的精神开拓了文明之路。中国的诸子，印度的游吟诗人，希腊的七贤，以色列的摩西……众多奠定民族文化根基的巨人披荆斩棘开拓了各民族发展之路，后来的每个世代都是在他们的精神乳汁滋润下成长壮大。

栖栖世中事，岁月共相疏。王锐平从礼县（古西垂）走来。在这片古老的大地上，周王朝把秦人置于自己都无法征服的犬戎腹地，“以和西戎”。面对艰险，秦人没有退缩和屈服，而是卸去贵族的长袍，去适应丛林的生存之道，竭力突破自己。一代接一代，身骑战马，历经重重绝境，经受住了血与火的淬炼，造就了秦人英勇无畏、坚毅不屈的品格，完成了秦族在古西垂地的崛起。秦统一六国后，也统一了货币，以半两为单位。这种方孔圆钱完美表达了古人天圆地方的宇宙观。这些无形却强大的气运，是撼动和深刻在礼县老百姓心中的宝贵遗产，也是滋养王锐平茁壮成长的不竭养分。“温暖的日子”14 篇，作者通过对乡村生活的回忆和感恩，挖掘、欣赏平凡人的真、善、美；

"陇上江南"12 篇，则以深情的回视，赞美了陇南特有的江南风土人情和优美景色。

从 2006 年起，王锐平就在兰州的街道上感受人间烟火的酸甜苦辣。陪伴他的从精装小册《毛泽东选集 5 卷》、贾平凹散文集《通渭人家》和《王献之草书选集》，到成捆的书籍和成堆的文稿，里面就有他收集在《秦风半两》中的作品。"农信情缘"12 篇，通过对自身工作经历的梳理，讴歌了甘肃农信几十年改革发展历程，赞美了农信员工敬业爱社、不忘初心为农服务的忘我情怀；"阅读临帖"9 篇，陈述了在阅读中的幸福体验和感受，在临习书法中的心态提升及喜悦。这些伴随他心路历程的点点滴滴，让我想起了《渴望》那首歌唱的：悠悠岁月，欲说当年好困惑，亦真亦幻难取舍……故事不多，宛如平常一段歌，过去未来共斟酌。

光阴可惜，譬诸逝水。我仿佛看到：王锐平慢悠悠回家，路过黄河，塔铃悠远，波光潋滟。他顺势坐在河边，看黄河水悠悠东去，看散步的人来人往。恍惚间，他屈膝在甘南草原，看天上云卷云舒，风雷闪电。那一刻，他觉得他不是他了，他成了草原的一部分，每一棵草里都有他的灵魂，每一片云里都有他的眼睛。作者说：那时候，"我"就诞生了。

2014 年初，甘肃省委、省政府号召全省各级干部包片驻村扶贫，王锐平申请到甘南卓尼县木耳镇秋古村帮扶，一驻就是三年。在甘南扶贫的日子里，他熟悉了藏民的乡土人情和生活习惯，也熟悉了不同于《一个人的兰州》的另一种孤独。“天空总在下雨，透着寒意的山村，气候多变的甘南，它的一马平川令人总想在每一次狂澜的风中情不自禁地吟上一首塞北的诗。”甘南的夜，黑得纯洁，静得纯粹，似古塔孤烟，成了作者文思泉涌的专属气象，他就此爱上了甘南的慢生活。“甘南的夜，没有篝火的舞蹈，没有蝉虫之歌唱，没有真正漆黑的夜……比起一些不夜城的嘈杂，这儿的夜虽然没有萤火蝉鸣，但可让思绪冉冉。”“甘南的夜，晚风不比清晨的微风柔和，更多的是彻骨的寒。我的发丝柔和在风的思想里，人呢喃在夜的旋律里，星空落落大方，诗情淡淡流落……我喜欢上了甘南诗意尚存的夜。”

木心在《文学回忆录》里说：“文学的最高意义和最低意义，都是人想了解自己。这仅仅是人的癖好，不是什么崇高的事，是人的自觉、自识、自评。”回到兰州，失去慢生活的王锐平写下了《期盼慢生活》。他从不能慢、不敢慢的现实生活中，拨云见日、自我调节。敢慢下来，是因为深刻了解自己，把剩余时间花费在一切美好的事物上。慢生活，是有底气的自给自足。于是，王锐平让上满发条的日子与慢生活和谐共处。

等闲年华促，星辰伴幽独。放慢节奏，做自己喜欢的事情，生活才会有更多的乐趣。读书和写作使王锐平有了

《一个人的兰州》和“一个人的大甘南”，也给读者描绘出了一个独特的《草原之夜》。读作者的《学书消日》，能充分体验到其书写的乐趣在于不断有新奇和有趣的东西从笔下出现，有奇妙的组合和不可思议的墨迹形象被自己制造。读《一块钱的感动》，则强烈感受到一条清澈温柔的绸带缓缓流淌着，流在一座美丽的城市，一节充满温馨的车厢，和每一个善良的人心间。

伟大的灵魂，常寓于平凡的躯体。把每一件平凡的事做好就是不平凡。王锐平的散文如生活中的涓涓细流，以真挚之心，领岁月教诲，在珍惜眼前美好中，永远对理想热泪盈眶。《秦风半两》，堪称农信情缘与文学追问的水乳交融。

子曰：“质胜文则野，文胜质则史。文质彬彬，然后君子。”王锐平的散文突出之处在于三美：一是朴素之美。朴素是一种朴拙、自然、原始的美。虽然它不是吸引眼球的亮点，但是发现美的眼睛，如清茶老酒般醉人。二是简单之美。大道至简，在至高至纯至美的境界中本我本色本真地活着，轻盈而厚重，澄澈而深沉，执着而忘我。三是自由之美。生命中的思想自由、行动自由。平凡岁月中，闪耀着无数美丽的瞬间，作者用灵动的文字，完美诠释了自由的美好和文学之于生活的诗意诠释。

纵观王锐平的《秦风半两》，我们能清晰地闻到一股浓烈的生命烟火气息。正是因为他坚持走进生活深处，在扎根人民中体悟生活本质、吃透生活五味，坚持从现实中汲取灵感，写底层生命状态、点亮普通人物身上的价值光芒，才能精准勾勒出生命的律动和光亮。著名剧作家、中国作协副主席陈彦认为：“文学的意义，正在于深入开掘普通人的生命价值与光亮。”一本好书能够引起读者的共鸣，进而启发读者，甚至改变读者的命运。这些正是文学创作所存在的价值。

2022 年 9 月 4 日晨读记于长安素雪斋

目 录

Contents

第一篇 ╱ 农信情缘

第二篇 ╱ 温暖的日子

第三篇 / 陇上江南

第四篇 ╱ 阅读临帖

第五篇 ╱ 与水为邻

第一篇

农信 情缘

激情与梦想

梦想像船舵，激情是船帆。没有梦想，人生之船将迷失方向；没有激情，梦想之船则难有强劲动力，只会在原地打转。以激情为动力，努力奋斗实现梦想，我在工作实践中愈加信服这个道理。

流年似水，时光易逝。回看我融入农信社这个温暖的大家庭已有 30 余载。记得我刚参加工作去信用社报到那天是一个冬天的早晨，白雪将陌生的乡镇包裹得严严实实，阳光灿烂白雪皑皑，晃得我眼睛眯成了一条缝。那时的信用社没有独立的办公场所，与乡政府在一个大院内办公，共有 15 人。父亲推着加重自行车驮着我的被褥和日用品，送我跨入信用社的门槛。

从学校毕业初入职场，我感觉一切都新鲜好奇，常带着忐忑不安又异常兴奋的心情，全身心投入到自己的工作中。早晨天麻麻亮我就起床，沿着单位不远处的山村公路去晨跑。下雪天我第一个踩过洁白的积雪，身后留下一串长长的脚印，大口大口呼吸着新鲜的空气，感觉一切都是清新、透明、美好的。憧憬着未来，浮想联翩，幻想像一幅幅画卷展现在眼前，那么令人向往和陶醉。想着自己能和乡镇府干部在同一个院子里上班而且还是在信用社里工作，那是何等的荣幸！我暗暗下定决心要好好工作，要有所作为，要用自己的行动回报社会和父母的养育之恩。

跑累了就到路边晨雾缭绕的河边做体操、打太极拳，当汗流浃背、全身骨节舒展后，再适当地拉伸一下，放松放松紧张的肌肉，此时身心愉悦，也该回单位了。吃上几口简单的早餐，内心计划着当天要做的工作。

农信人坚韧不拔的信念和吃苦耐劳的精神，时常激励着我勇往直前。农信社从最初的人民公社到农业银行管属，最后到县联社、省联社成立，经历一波三折，其间无数的农信老前辈呕心沥血、任劳任怨付出了毕生精力。他们中有出纳员、会计、主任，曾经刚毅的面庞，坚强的身躯，因为农信事业发展忘我奉献而变得沧桑；他们艰苦奋斗、砥砺前行的坚定信念，伴随着我的成长；他们激情澎湃、忘我奉献的精神，激励着我不断前进。他们也将永久地烙印在农信社发展史中。

前辈的工作热情感染着我，只有热爱工作、掌握过硬的基本功，才能干好信用社的工作。我从认真清点一张张破旧不堪的人民币开始，到登记一本本手工记账簿，都如获珍宝似的自豪而兴奋地抚摸着它们。

我在美滋滋的工作中度过快乐又充实的一天又一天，眼前时常浮现出农民致富奔小康的憧憬。

经过几年的锻炼，我被组织认可，被领导认可，被群众认可，我为自己成为一名合格的农信人而深感自豪。我每天起早贪黑，披星戴月，足迹遍布全乡镇的大山田野。夏天冒着暴风骤雨，顶着似火骄阳忙碌，使我原本年轻的面庞变得黝黑黝黑，刚毅替代了曾经的稚嫩。从春耕到秋收，我一直都在奔波的路上，身上背着挎包跟踪服务，帮农民出售苹果、生猪、鸡蛋、洋芋、羊毛后，再去帮着收购农副产品，每一个地点，每一个场景，都有和我一样的农信人手拿算盘，帮助农民群众清点现金，核对账目。无论多苦多累，看到农民脸上露出的喜悦，我内心就非常满足，因为我知道这辛苦值得。

高科技发展的当下，从城市到农村都发生了翻天覆地的变化，农信社也紧随时代变迁，营业网点和办公大厦拔地而起，结算模式先进便捷。农信社也已告别算盘、手工记账这些老式缓慢的操作流程，用精准的电子化设备记载传输数据，用无线网络将农村与城市经济紧紧相连。全省 1.23 万个便民金融服务点、惠民终端顺利矗立在各个乡镇乃至穷乡僻壤之地，为陇原广大农户提供了足不出户的便捷服务。

农信人不忘初心，不辱使命，勇于担当。国家的惠农政策资金通过惠民平台由农信人一笔笔办理，每当一位位步履蹒跚的老人拿着惠民一卡通存折踏入农信社营业厅时，每当代发的社保资金为孤寡老人雪中送炭时，每当他们生活困难得以解决时，每当他们的疾病得到及时医治时，我深感做一名农信人是多么的伟大和自豪。很多人存钱主动到农信社，进门总啧啧赞叹着：“多少年来，唯有信用社一直为我们农民提供方便，解决我们的温饱问题，解决实际困难，不愧是农民自家的银行。”此时我憨憨地笑笑，心里却是无比欣慰。虽然我在工作中受到过委屈，也有过怨言，但我依然忠爱着我的事业，依然大踏步前进。

甘肃农信服务农村千家万户，深受千百万农民的拥护和信赖。为了陇原大地农村基础经济发展，它不断提高服务质量，快速提高科技化结算手段和便捷方式。农民与农信人水乳交融鱼水情深，农民群众离不开农信社的信贷扶持和服务，农信社更离不开广大农户的支持。农信社为“三农”服务义不容辞，一代又一代农信人从不讲个人得失，默默奉献在工作岗位，肩负重任，如一棵擎天大树扎根“三农”沃土；一拨又一拨农信人前赴后继，任劳任怨，推陈出新，忘我服务，在时代的潮流中自强不息。

在改革浪潮冲击下的甘肃农信，没有随波逐流，为“三农”服务的宗旨没有改变。信贷支持脱贫致富、乡村振兴，依然坚定不移地走“支小”“支微”“支三农”的道路。经过无数农信人的努力，农信业务突飞猛进，发生了历史性飞跃，存贷款规模由过去的几百亿元上升至现在的 5000 多亿元。甘肃农信在全省网点分布最广，多达 2300 家；员工队伍人数最多，多达 22000 人；资金规模最大，成为支持地方经济发展的农村金融主力军，在同行业里独占鳌头。

只争朝夕，不负韶华。农信人代代相传，生生不息，用淳朴无华的胸襟包容世界，用无畏无惧的勇气面向未来，秉持着“大信为农，相合共生”的核心价值观。选择做一个农信人，永远自豪，无怨无悔。

农信人燃烧激情，放飞梦想，劈波斩浪，奋勇争先，努力实现农信社的宏伟蓝图，唱响新时代为“三农”服务的凯歌！

农信情缘

1983 年 10 月，我参加了全县金融系统招工考试，很荣幸成为一名农信社员工，为此全家人都开心不已。

报　到

次年 1 月接到报到通知书，一颗狂热的心仿佛要迸出胸膛，感觉雄心壮志要被点燃。我不顾天寒地冻，催促着父母快些准备东西好送我去单位报到，这种心情犹如初学下河游泳的孩子，想下水又怕下水，不知道河水到底有多深，更不知道水底有什么。那种既渴望又胆怯的心情焦灼着我，一天都不想耽搁，就想着立刻去单位看看。

妈妈连夜为我缝制了新的单人被褥和床单，简单地准备了一些日用品。天刚刚放亮，父亲便推着自行车驮着行李，深一脚浅一脚地蹚在厚厚的积雪里。雪地上留下了我们父子的脚印，其实只有一对脚印，因为我是踩在父亲的脚印里走的。父亲说这样我的鞋里就不会进雪，脚也不会冻。身后的车辙和脚印多像一个个音符，鞋底压过积雪发出咯吱咯吱的声响，那是父亲为我谱写的人生路上最为重要的一首曲子。

30 多里的山路，我们走了 5 个多小时，父亲的话很少，叮咛我最多的就是：银行里的钱是铁钱，那是铁账卡死的，是国家的，一分一厘都要算清楚，分清楚。你以后买东西缺钱了问家里人要，可千万不敢动公家的一分钱，那叫犯法，你要记好了。我把父亲的话牢记在心里，这也是我初入社会的人生信条。

我从 1984 年参加工作开始至今已有 30 多个春秋，有过彷徨和迷茫，但更多的是激情与梦想，是奋斗和拼搏，是发自内心对农信事业的热爱。农信人的淳朴和热情，是支撑我 30 多年来在甘肃农信坚守如初的精神支柱。

农信社改革发展的风雨历程，农信人一件件感天动地的事迹被我们蹚过的千山万水铭记，被甘肃农信扶持过的千家万户铭记，被甘肃农信的历史铭记。

工　作

我工作的草坝信用社所在地是由 3 个乡镇分流出的 12 个村整合后集中新设立的新乡镇，地处偏远，交通不便，生产发展比较落后，没有独立的办公场所，和乡政府同在一个院子里，是由原来村委会的老房子简单修改成的 10 间宿舍。全院子一共 15 个人，信用社有 2 人，在一间不到 10 平方米的土木结构的房子里既办公又睡觉，晚上两个人打颠倒睡一张床。主要业务是代办农行贷款、收款，管理全乡 12 个村组的 12 个信用站。当时包产到户只有 4—5 年，存、放款笔数多，金额小。全社存款总额只有 7 万元，最小的一笔存款只有 1 元。放款最小的一笔是 2 元，是一个农户购买了一个农具犁铧，但多数金额是 15－50 元，农户购买一袋化肥、农药、籽种、治病，都要贷款。

刚开始，我一个人学着办理存取款基本业务，后面陆续学会了办理贷款的收放、与营业所之间的核算、行社往来和对账等业务。当时我的工资每月 30 元，感觉很知足。

上班后第二个月，主任就让我接上了会计和出纳，同时把全社的 44 本账簿全部交给我记载（主要是代

理农行放款的9个科目36本贷款账簿和信用社的8本账簿)。主任说:“你来之前信用社就我一个人，业务少，还能凑合，你年轻，早点学业务，将来接我的班。”

半年后，主任把4个村的信贷收放工作又交给我，他包6个村，当时叫“包村”收放贷款，我说我一个人干会计、出纳就忙不过来，再包4个村的收放贷款工作根本不行，会耽误工作。“你年轻，多干点!”主任说。于是，我白天下村收放贷款，调查农户基本情况，晚上回到信用社再记账清点钞票，有时候记完账、核对完现金，已经深夜三四点了。一年下来，储蓄账簿和贷款账簿的封皮都油黑发亮的，页角都磨卷了。

距离30里外的盐官营业所10天中每逢二、五、八日是赶集天。我就清点整理好现金、收放款凭证，一个人骑上自行车赶往营业所提款、交账、交现金，领取乡政府、卫生院等单位的各项拨款单据，核对行社往来账单。当时纸币最大面额是10元，一次最多提1万元，风里来雨里往，无论酷暑寒冬，都是一个人。夏天最怕蹚水过那条急流奔涌的卯水河。遇到暴雨，洪水滔天，我一个人年小力弱，害怕被滔滔洪水冲走，只能和同路的大人手拉手一起蹚水，有几次差点就被河水冲走，而我心里始终想的是如何保护好信用社的现金和账簿。不知有多少次，腿跌青了，鞋刮破了，但我都挺了过来。最艰难的是冬季收贷款，两三天就要去一趟盐官营业所，雪大路滑，天寒地冻，我经常骑着自行车轧过厚厚的积雪，一趟趟往返于营业所和信用社，交账、送报表、交款提款，途中不知道摔下自行车多少回，手脚冻裂了，耳朵冻肿了……

印象最深的是每年12月底信用社结算。每年的填写报表、汇总账务、成本核算、总分账务平衡等都是手工用圆珠笔、算盘完成的，如果有一分钱的收支不平衡就意味着报表有问题，得找到问题的根源，报表上收支平衡了才能交差，那是非得熬几个通夜才能完成的工作。

收　获

记得有4家信用社的业务同属农行盐官营业所管理。营业所主任、会计都是上海支援大西北的财务专业能手，他们要求我们的第一任务是练算盘，每天早晚上下班前后练1个小时，而且在每个逢集日召开完业务例会后，都会把营业所和5个信用社的所有人员集中起来比赛珠算速度、准确度。偌大的营业室里像打仗一样全部是“噼啪”“噼啪”的算珠声，大多数是新招的年轻员工，朝气蓬勃，笑声阵阵。练习打算盘真是不分白天黑夜，你追我赶，热火朝天。1995年、1996年陇南农行举行全区金融业务能手比赛，我当领队，带领全县信用社8名业务能手两次获得陇南全区9个县中选拔赛的集体第一名，我个人也连续两次获得了珠算冠军、单指单张和多指多张点钞冠军。

由于我爱好写作，经常撰写和发表一些金融论文，在参加信用社工作不久，很荣幸地被甘肃农村金融学会吸收为会员。1990年，我被当时代管信用社的县农行选调到县联社办公室专搞文秘工作，两年后任办公室主任，后又任城关信用社主任、营业部主任、办公室主任等职，积累了比较丰富的基层工作经验。

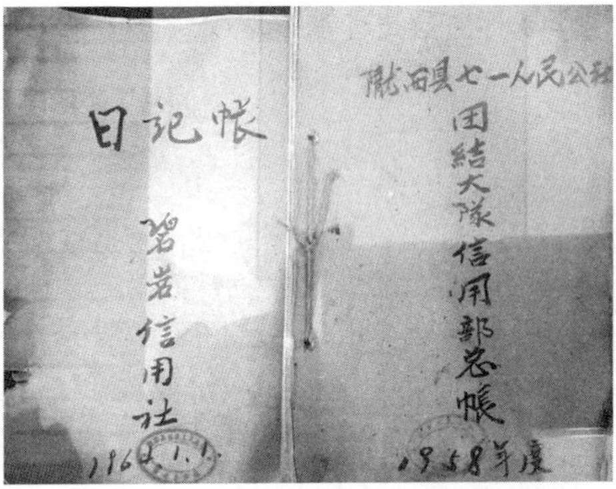

多年喜好笔耕的习惯，总是让我对安静的夜晚情有独钟。当一个个夜晚来临时，我会将白天发生的一件件感人事迹进行梳理、归纳，成为一个个闪光的创作亮点，并加以筛选、提炼，进而发表。这期间，我利用业余时间将基层信用社和县联社工作时遇见的一些感人事迹撰写出来，在《金融时报》和《中国农村金融》等报刊发表了大量的新闻、通讯报道，宣传农村信用社业务发展、历史事件等。另外，在各位领导的亲切关怀和同事们的指导帮助下，我于 2006 年 5 月出版了散文、诗歌集《信合之光》。

圆　梦

2006 年 2 月，我被借调到省农信联社综合管理部搞文秘和对外宣传工作。省农信联社的成立，标志着农村金融改革跨入了一个崭新的阶段，全省农村信用社的发展也迈入了突飞猛进、奋起直追的新进程。面对新的起点，新的征程，我认真做好全省农信社业务发展的新闻信息收集、整理和宣传报道，我深入各县区、各信用社网点调查研究，在发现新思想、新动向、新事物的同时，力争抓住改革发展的主要问题和主要矛盾。在《金融时报》《甘肃日报》等一些全国、省级新闻媒体宣传全省农信社支持抗震救灾、“迎奥运 促发展”、支农惠农一折统、“飞天卡”发行、服务“三农”等工作，发表新闻、通讯等 90 多篇。在 2008 年全省农村信用社发行“飞天卡”时，在省联社领导的亲切指导帮助下，撰写了《飞天连城乡 一卡通天下》，在《中国金融报》发表后获得新中国成立 60 年、改革开放 30 年征文全国唯一特等奖。

回想 30 多年的农信工作历程，心潮澎湃，思绪万千。若不是农信社这个繁杂而忙碌的平台，就没有我今天丰富多彩的人生阅历；若不是农信社这个大家庭栽培了我，就没有我今天的成长与成熟；若没有农信社这个为农服务的窗口，我将不知道自己人生的梦想去哪里实现。所以，我将以更大的激情和更加坚定的信念服务农信社这个大家庭，从而收获更多的幸福感和成就感。

柜台变迁

银行给我印象最深的当数柜台。柜台是银行服务的“窗口”，最能体现出银行的服务水平和银行的外在形象，不同时期的柜台反映出不同时期的银行发展状况。

20 世纪 80 年代的银行营业点，一进门展现在眼前的就是神秘高大的柜台，水泥柜台上有一些排列有序的钢筋栅栏，钢筋架纵向的多，横向的少，比较密集，间距大概有 5 厘米宽，台面一般铺有白色瓷砖，也有铺大理石台面的。钢筋栅栏和柜台台面留有 10 厘米距离，便于银行工作人员与客户交流，传递票据和现金、办理各项业务等。通往柜台内的门也很简易，就是普通的铁栅门，没有防盗功能。

钢筋栅栏没有密封，透过栅栏间隙能看清柜台内的一切，若遇重大活动，银行还会在柜台栅栏上面拉上醒目的宣传标语。银行制度是长期悬挂在上面的，便于员工和客户学习了解。

柜台外面几乎没有设施，简易的柜台承载着银行柜员与客户之间的一切交流，包括咨询、填单、现金和结算等业务。柜员岗有：现金柜、储蓄柜、对公柜等，互不代办，即使是最简单的一笔取款业务都要先在储蓄岗上记账，然后到现金岗上取现，不转换取不到钱。

大多数网点特别是农村网点，柜台上没有电脑设施，看不到蛛网般零乱的电源线，简易的桌面只有算盘和各种纸质账本，业务办理全部是手工的。当时多数小网点没有假币识别仪，遇到点钞机数钱时报警的纸币，我们靠工作经验和对人民币真假鉴别常识去识别。

说来也怪，那个时候虽然办公设施落后，办公效率不高，但不会出现排队办理业务的现象，也没有客户投诉，业务都在井井有条中办理。

大约从 20 世纪末开始，银行的柜台开始改造，进入了一个新的历史阶段。这时的柜台发生的显著变化是低了。

柜台虽然低了，但是设施齐全了，更美观了。柜台台面是大理石或瓷砖的，曾经的水泥柜台逐渐淡出人们的视线，成为历史的记忆，钢筋栅栏也被防弹玻璃取代；公安系统内保部门对银行柜台的标准要求更高了，安保工作升级，监控无死角。

大抵也是在这个时候，我从偏远的农信社网点调到县农信联社工作，先后承担办公室综合文秘、稽核审计和安全保卫部门工作。因为防弹玻璃密封，所以柜台台面多了凹槽，即收银槽，供柜员与客户传递材料和现金，柜员面前也安装一个话筒，便于交流。这个时候最重要的技防设施出现了，每个柜员头上都有了一个摄像头，桌面下柜台旁还有一个红色的报警按钮，遇有紧急情况，柜员可随时报警。

这时的柜台明显复杂起来，不仅仅是一个物理设施的存在，还新增了技术含量，其自身防盗防抢的能力取得了突飞猛进的进步。

因为有了监控，银行开始实行综合柜员制，就是一笔业务由一个柜员办完，不需要在不同柜员之间转换，效率显著提高。此外，原来的手工作业模式也被系统程序取代，柜员上机操作，一人一个操作号，机器算息和列支会计课目，差错率减少，业务办理速度加倍提高。由于业务联网，客户不需要到原开户网点办理业务，可以在开户行同城任一网点办理，即所谓的“通存通兑”，大大便利了客户。

柜台内原有的状况彻底改变，一台台电脑代替了原来的一本本手工账本，这是革命性的转变。柜台外摆放和悬挂的物品与原来相比越来越多，如老花镜、笔、蘸水盒、客户意见簿、点钞机、反假验钞机、存贷款利率电动显示屏、电视显示屏、各种宣传彩页等，极大地方便了客户。最为重要的是配置了大堂保安岗，身着制服英姿飒爽的保安不但树立了银行威严的外在形象，而且疏导客户快捷办理业务，减少客户等待的时间，同时也维持了柜台井然有序的良好局面。一切为客户着想，顾客是上帝不再是一句空话。

如果说第二阶段柜台是从传统型向技防型转变，那么从 2005 年开始又向分区型转变。

这就是将柜台按功能分区，若是办理现金业务的，安装防弹玻璃；若是办理结算业务的，则不再安装防弹玻璃，柜员与客户之间面对面“零距离”交流，增强服务的亲切感。

除了传统的柜员岗设置外，许多银行又增加了 VIP 服务窗口，专为贵宾客户服务。

柜台外多了一米线、多了叫号机，客户到达银行后，先触摸屏幕打印有号数和等待人数等信息的小票，银行通过窗口显示屏依次叫号办理业务，文明有序。

互联网进一步介入，远程监控开始广泛使用，在一个总部银行可以看到其辖内所有网点柜员办理业务情况，系统自带语音子系统，还可以异地听到柜员与客户之间的交流，方便解决柜员与客户间的矛盾。为了有效监督和提升柜面工作人员的服务质量，银行开始在柜台上安装服务评价器，在一笔业务办理完之后由客户自主摁下“非常满意”“满意”“基本满意”和“不满意”四个键中的任何一个，对工作人员的服务态度和服务效率进行评价。

银行营业大厅内除了柜台外，其他高级自动设施越来越全面，如打卡机、补折机、存款机、存取款机、硬币兑换机、碎纸机等，柜台内的业务向柜台外延伸；大多数网点新增大堂经理，帮助客户填单，接受客户咨询，介绍银行的业务种类和优势，宣传银行电银产品，柜台内的业务有效地向大厅转型。

这几年又兴起网上银行、手机银行等，各家银行还纷纷推出

“一卡通”“一线通”“一网通”等，客户可以足不出户、身不离桌地操作，原本属于柜台内的业务又向互联网外扩，实现了又一次新的腾飞。

这些智能化方式的出现，使得银行网点由操作型向销售型转变，依靠人工柜台的传统渠道被彻底打破，人们不需要在固定场所、固定时间接受银行的服务，而是一举变成24小时、跨区域、开放式的灵活自主的服务，从这一点上看，传统意义上的柜台所起的作用经过数百年的发展已渐渐变小了。

随着银行业务的智能化、自动化以及“微信支付”“支付宝支付”等支付方式不断涌现，未来银行的大物理网点会减少，而智能化小型化入社区的网点将会增加，线上业务，线下指导，可能未来的银行都不需要柜台和柜员了，一部智能手机解决一切，甚至不带智能手机，靠刷脸等也能解决一切支付问题，空手走遍天下一点都不是梦。

从封闭式到开放式，从人工到智能化，小柜台的变迁折射出大时代的发展变化。

收旧贷

20 世纪 80 年代末，我刚满 18 岁，是全县信用社新招收 15 名员工中年龄最小的一名。

当时，我正值青春年少，记忆力好，精力充沛，接过信用社全部账务后一个多月时间，就掌握了出纳、会计、计息、结账、分户账记载、总分账核对、各类报表等业务要领。这些全部是手工记账，晚上经常加班加点，只要操心认真及时记载账务，一般都不会有差错。我觉得最难的也是最怕的就是收放贷款。

每年 10 月都是收贷旺季，主任说："全乡共 12 个村，我包 8 个，你除了记账办业务，就包 4 个村吧。"我暗自吃惊，不会吧？我每天临柜要办理几十笔甚至上百笔现金业务，光这些账簿记载都忙得够呛，哪里还管得过来 4 个村的贷款业务啊！我用无助的眼神看着主任，主任拍拍我的肩，说："年轻人嘛，就得多干多练。"

好在全乡村民居住的都比较集中，逢集的时候农民都会来乡上跟集，我就在信用社里办公；没集的时候，我就背上账簿，拿着算盘，骑上自行车下到自己所包的 4 个村收贷款，晚上回到信用社再逐笔对账、记账。

有一次，我下村去收刘家湾一户刘姓村民的陈旧贷款，累计数额 180 多元，但有 13 笔之多，最小的一笔本金只有 1 元，欠息 5 元多；最大的一笔本金是 16 元，欠息 20 元，真的是利息都比本金多了，这也就是他无法还清贷款的原因之一。

我刚走到刘老汉家院子里，就闻到了一股浓浓的中药味，接着是一阵咳喘声，好像嗓子里卡了棉花一样，咳不出来，咽不下去。三间毛坯屋子，屋顶的瓦片稀稀拉拉，有的地方草席都裸露在外，一只毛色暗淡的小狗有气无力地汪汪了几声，夹着尾巴躲进了茅草搭建的窝里。我试探性挪动脚步，探身掀开门帘进了屋内，只见一个大土炕上蜷缩着一个人，被褥破旧得已经看不清是什么颜色了，一个炭炉子上正熬着中草药，屋子里几乎没有一件像样的家具。一声"谁呀"把我的视线拉回到炕上问话的人身上。当我说明来意后，60 多岁的刘老汉欠着身子坐了起来，他脸色蜡黄，上气不接下气地说："娃，你是信用社新来的吧，你可能不清楚，这是给俺大儿子刘老大看病、娶媳妇时贷的款，到现在他还没有还吗？他现在娃都十几岁了，你找他要去，我半个身子都入土的人了，成天抱着个药罐罐，确实没有钱给你们。”

我看着心里难受，什么话都没说，就离开刘老汉家去了他大儿子家。

当时晌午，阳光灿烂，我的心情却很沉重。我远远地就看到刘老大家，那是一砖到顶的三间四椽崭新的房子，窗明几净，院子宽敞整洁。我心情一下子好了很多，心想这刘老大的生活绝对在全村是中上水平，要归还这 180 元的贷款应该没有什么问题的，所以进门时就对那条恶犬的狂吠和扑面的飕飕冷风，根本没有在意。令我没想到的是这刘老大一听我的来意，既不让坐也不倒水，并说了一句骂人话：“啧啧啧，咋啦？把叫花子的面钱欠哈（下）了吗？问我要呢，赶紧走吧，我们早分家了，我管我妈，老二（他弟弟）管我爸，分家时俺舅主持的，分家书上写得明明白白，这贷款你找老二要去。”此时，他家的恶犬咆哮起来了，似乎在轰我离开。窗外的天空不知啥时候变得阴沉下来了，我的心情也跟着沉了下来，且复杂无语。我耐着性子说：“你爸说这是当年给你看病娶媳妇时贷的款，你不还不合适吧？”他蛮不讲理地说：“我是我爸生的，他生下我就该给我看病，给我娶媳妇，那是父母应该做的，他贷的款就该自己还，不能生了娃不管娃，娃跑了不撵娃，再说了，他分给老二养活了，你找老二去。”

我窝了一肚子火直想发作，但还是掐了掐手心，忍住了。黑着和天空一样阴沉的脸，我推着信用社给我配的那辆除了铃不响浑身都响的“公车”，抱着一线希望朝刘老二家慢慢走去。

等到了刘老二家，他开着一辆小四轮拖拉机正准备出门拉活，听了我的来意后，他做出了与刘老大一样的反应。说完，一踩油门准备冲出大门，想一溜烟地跑路。

我义愤填膺，抢起自行车拦在车头前面，怒吼道："你们兄弟咋没一个说人话的？"

见我躁了，刘老二也不示弱："咋，你还想打架咋的？"

我提高嗓音："打架？还不到时候，咱让村里的乡亲们听听，看你弟兄俩都是些啥货色。"

我们的争执引来不少村民围观，其中也不乏我认识的曾经贷款扶持的村民和村干部。年轻气盛的我只觉得得给这两个不孝子点教训，就斥责道："你爸为养活你兄弟俩吃了多少苦，现在你们翅膀硬了，日子好过了，他老了病了，却没有人管了，找你哥要贷款，你哥给个'啧啧啧'，说把我们信用社的面钱欠哈（下）了，找你要贷款你还是一样，你真把我们信用社当叫花子了吗？你们的良心都让狗吃了吗？"此时村民也知道了事情的原委，对他指指点点，数落声此起彼伏，刘老二气得脸如猪肝。

末了，我脚一蹬自行车的后支架，双手抱在胸前，厉声对刘老二说："今日我既然来了，就不会空手回去的，我看你们都有能力还贷款，就是赖着不想还，你们兄弟俩商量商量吧。咱信用社现在的政策不比以往了，你应该明白，无力不逼，有钱必还，不论你弟兄俩谁还多少，今天一定要给我一个结果。"刘老二见我态度强硬，连忙下车："兄弟，好兄弟，好商量好商量——你看这样行不行，缓几天我到咱社里去还咋样？今天真的不凑巧，我还答应给人家拉活呢，耽搁不起呀！"

“缓几天可以，”我想也不能把弓拉得太硬，“但今天你多少得归还些。”

“先还50元你看行不，我身上只有100多块钱现金，还要周转呢。”

“行，我先给你打个收条，待我到信用社里入账后回头把正式还款收据给你送来，不过你得给我承诺个还款计划。”

刘老二虽然极不情愿但还是从口袋里掏出了5张10元面额的人民币，并在我的工作本上写出了两个月内还清全部贷款本息的承诺书。看来关键时刻还是要来硬的，让对方感到社会舆论和道德的压力，从内心认识到赡养老人是子女应尽的义务，欠钱还钱是应该履行的责任。

后来，刘老二按照计划准时将欠款还上了，我和他的关系也越来越好，将15匹的小四轮拖拉机换成了45匹的大拖拉机，早早致富奔小康了。他也把老人接到了他的住处，好吃好喝，孝顺有加。

金融便民惠民生

深秋的陇南，正值硕果累累，到处是农人忙碌的身影，丰收的喜悦挂满了一张张笑脸。我有幸陪同省农信联社领导来到陇南，调研全省农信社安装布放的便民金融服务点运行情况。

金融便民服务点是甘肃农信为填补农村金融服务空白的一项重要举措，是打通金融服务“最后一公里”的具体行动，是惠及农村千家万户的一项工程。

陇南是甘肃境内唯一的长江流域地区；这里重峦叠嶂，谷深路陡，植被丰厚，到处清流不息；这里有众多的人文古迹，英才辈出；这里是高山峻岭与峡谷盆地相间的秦巴山区；亚热带向暖温带过渡区的独特气候让这里具有众多热带与亚热带独有的土特产。绿山对峙，溪流激荡，峰锐坡陡，恰似江南风光，又呈五岭逶迤。南国的“纤秀”，北疆的“粗犷”，在这里得到了完美融合。

坐车行走在陇上江南，心情格外舒畅。公路两旁，翠绿的松树与金黄的银杏树相间，随着笔直的马路向远方延伸。透过树隙，白墙青瓦、整洁有序的新农村房屋格外惹人注目，到处是一树树红彤彤的柿子，一串串金黄的玉米棒子，穿行在陇南山峦的村落间，无不感受到生机与活力。

近年来，随着新农村建设持续推进，新风貌、新气象、新变化正在悄悄渗透陇南山乡的每一个村落。生态新农村，山水新风景。走进两当县杨店村，一排排白墙青瓦的新房格外显眼。村南面，果老文化广场上的音乐喷泉、健身器械、八仙浮雕、风雨走廊等设施，透着时尚气息。

遍布陇原大地的便民金融服务点如雨后春笋，遍地发芽开花。无论是从广袤的河西走廊大漠到陇上江南的天然氧吧，还是从革命老区庆阳到甘南藏区，金融便民服务点仿佛一夜之间从山头、河谷间冒出。

在唯一通往大滩村的长达上百米的隧道口上，题有“世外桃源”四个大字，但村中的情况并不像世外桃源那样迷人。因为大滩村地理位置偏僻，交通条件差，基础设施落后，全村没有一家企业，用当地人的话说，唯一的“公家”单位就是一所小学，但由于条件艰苦，没有人愿意长期在此留守，小学教师都是每年轮换。作为现代科技产品的电脑，在这儿也因为没有网络而成为摆设。特别是经济发展的核心——金融服务，从来没有涉及这个大山深处的山村。几十年来，没有一家金融机构在这里设点，成了名副其实的“金融服务空白点”，当地村民存取款只能去河口乡政府所在地或到西固城办理业务，来回需要一整天，既浪费时间，又耗费人力。存款难、取款难，结算更难，成了村民心中多少年来的一大难题。由于存取款不便，每逢农忙时节，村民家中一般都留有大量现金，一些不法分子瞅准村民白天在地里干农活，家里没人，时常入户行窃，村民辛辛苦苦挣的血汗钱瞬间不翼而飞。省农信联社总审计师贾涛深有感触地说：“在省会城市兰州的边上，在兰州的大工业区，竟有这样艰苦的地方，我们一定要把金融服务搞上去！”基于当地村民的实际困难，基于省委、省政府的联村联户工程，便民金融服务点经过积极筹备，在此安家落户了。

在康县、成县、两当等核桃主产区，漫山遍野的核桃树下，农民正在忙碌地采摘核桃；在武都区马街镇下南山上，一片片花椒林把昔日光秃秃的大山涂抹得煞是好看；在白龙江沿岸，挂满小果子的橄榄树，像是告诉人们今年又是丰收的好年景。

谁能想到，10 多年前，在同样的这片土地上，广大群众靠种植传统的农作物为生，连基本的温饱都难以解决。今天，和全国大多数摆脱贫困奔上小康生活的南方县市一样，陇南有 80 多万农民群众靠特色产业走上了富裕的道路；和李子坝一样，经过多年的发展，全市涌现出了康县阳坝镇宋沟村、成县红川镇东槐村等一批依靠特色产业发展的专业村 160 多个。

“早晨听鸡叫，白天听鸟叫，晚上听狗叫”，这是过去陇南农民传统、单调生活的真实写照。自从有了农家书屋、文化大院，农村面貌和风气有了很大改观。村子里积极开展以“新农村、新农民、新风尚、新形象”为内容的“四新”竞赛活动和“致富能手”“科技之星”“好媳妇”“好婆婆”“十星级文明户”等评选活动，形成了培育新型农民，倡导良好风气的社会新风尚。

杨店村、龙潭村，只是陇南众多农村变化的一个缩影，这样的新农村，如今在陇南有 674 个，占全市 3201 个行政村的五分之一。相关人员告诉我们，近年来，在新农村建设中，各县区在村庄规划和民房设计上，实行一村一策、一户一策，注重保护历史文脉和自然生态景观。同时，把生态文明新农村建设与生态旅游开发、文明长廊建设、特色产业开发、城乡环境综合治理、示范点创建、扶贫开发等相结合，大力实施乡村绿化、房屋亮化、道路硬化、环境美化工程。为着力解决山区群众行路、饮水、用电等最迫切要求解决的问题，市上在广大农村集中实施了通水、通电、通路、通广播电视的“四通”工程。每个村都配套了文化广场、医疗卫生室、村级党员活动室、农家书屋、农家超市等。目前，全市建成的 674 个生态文明新农村都配置了垃圾桶，修建了垃圾池，有专门的保洁员。如今，一个个依山傍水、风格别致、功能齐全的新村庄，正成为陇南青山绿水间的一道道风景。

通过设立金融便民服务点，村民可以方便地办理存款、取款、转账、代交费、密码修改、存折（卡）挂失、存折补登、账户余额查询、转账手续费查询、代交费查询和活期转定期等业务，真正将金融服务送到了这个“世外桃源”。

一块钱的感动

周日的早晨起了个大早，去家后面的五一山爬坡晨练。

虽然是冬日，但空气像清洗过一样清纯，只是挟带着一丝干燥寒冷。锻炼的人三三两两已慢慢从山上下来，我才发现，自己已经是最迟的了。

好不容易爬到山顶，举目望去，冬日的兰州市区高楼林立，春节前装扮的各式彩灯在广场、马路、河岸边耀眼夺目。黄河水不再像夏天那样混浊激烈，而是像一条清冽的飘带，将繁华的市区分开。

沐浴在冬日的暖阳里，美丽的兰州市尽收眼底，清新、舒坦、宽阔而自由，心底泛起无限惬意：好久没这么放松过了，好久没这么自由过了！真想永远沉浸在这无限的遐想里。

突发奇想：这么温暖、自由的日子，为何不去市区热闹处逛逛呢？那可是久违的地方啊！

一路唱着自由的歌曲慢慢下山，慢慢向 126 路公交车走去。歌声飘荡在大山上，越过丛丛的树林向远方飘去，原来我也有一副优美嘹亮的歌喉啊！

上车了，掏出公交卡，递向刷卡器，耳畔传来的是："欠费，请重刷！"

噢！！我突然想起，前两天上车时就提示要及时充卡，只是，只是太忙，忘了充值！

我只得将全身上下搜个遍只为找一块零钱，真是不巧，搜了几个来回，只有几个百元大钞和一张 5 元的人民币，愣是没有找到那救命的一块钱！整车乘客都睁大眼睛看着我，我的脸早已火烧起来了！司机师傅温柔地说："你下去换一下吧！"没办法，我只能下车拿着那 5 元钱火急火燎地跑着找小卖部，真是要命，附近没有一家啊！回头一看，公交车还稳稳地停在那里等着我！

我跑了几个来回，急得满头大汗，就是没有换到 5 块零钱，心一横："那么多乘客等着，太对不起人家了，干脆把 5 块全投了吧！"我一步跨上车，将 5 块钱向入钞口递去。有个女声突然传来："给，用我的卡刷吧！"我回过头一看，坐在第一排的一个少妇，怀里抱个小孩，正将公交卡递过来。我像抓住了救命稻草似的紧紧地握住。

刷完卡后我才注意到，这个公交卡外面套了个甘肃省农村信用社“飞天卡”的塑料皮子，上面有一行醒目的大字：“飞天连城乡 一卡通天下”，一股暖流轻轻涌上我的心头。我轻轻地将公交卡递到少妇眼前：“谢谢你！谢谢你！！”她嫣然一笑：“不客气！”怀里的孩子见到我递过来的卡不断地嚷着：“妈妈，我要玩，我要玩！”少妇将卡给了孩子。

一车的乘客都睁大眼睛看着我，我手里攥着那 5 块钱，不知如何处理。

车开了，我望向窗外，冬日暖暖的阳光照着大地，照到每个人的心底。

我扶着扶手，整个车厢充满了温馨和暖流。我在想，虽然这里面的乘客我一位都不认识，但我们的心是相通的！！让我们共同营造一个美丽舒适的人居环境吧！！

笔　缘

很多年来，我对笔的敬畏，始于自卑，终于困惑，因为我歪歪扭扭的字体，实在看不出有一点父亲奔放洒脱的毛笔书法字体的影子。

最让我不解的是，据说在我人生的第一个生日纪念日里，父母让我抓周，我抓取的第一个物品，竟然是笔。但从童年起，我就不断变更自己的理想，且没一个跟笔有关。直到进入高中的第一年，我看了参军的哥哥在有名的杂志《飞天》发表的小说《黑土地》，字里行间充满了对家乡黑土地的真挚感情，即使在30年后的今天，它依然感染着我的思想和灵魂。我突然又更改了我的理想，我想成为一名作家或记者。抓周让我抓到笔，可能不是预示着我今后从事一个文秘或书法家，很有可能是让我写一篇篇锦绣的文章。这之后，我找了很多中外文学名著来读，如《红楼梦》《基督山伯爵》《忏悔录》《十日谈》《福尔摩斯探案集》等，这些离奇感人的故事让我夜不能寐，暗暗下定决心，要像这些伟大的作家一样，写一部自己的“书”，谁知后来的工作、生活经历与我少年时的理想相去甚远。我从事的金融工作，虽然与写作、文秘相连，但距离创作、撰写长篇小说还很远很远。

父亲曾在一个大单位和一个大乡镇担任党委秘书，主要负责书写便函等一类公文。另外，单位遇重大节日举办活动、同事家遇有红白喜事时，都请父亲用毛笔书写各种标语、赠语、请柬等，在那个缺少文化人的年代，父亲在我们十里八乡算得上一名文化人和书法家了。

记忆中印象最深的是每年春节来临，父亲总是让哥哥和我书写家里以及四邻的对联。我和哥哥每写完一副对联，父亲都要逐条逐字指点品评一番。或许是从小受父亲和哥哥熏陶的缘故吧，记得在我十七八岁刚参加工作时，大哥在兰州上大学，给我买了一支精致的钢笔，我将其装在一个塑料盒子里，一直舍不得用。后来弟弟在西安上军校，也给我买了一支金色的钢笔，一直随身携带，可惜两年后丢了。

后来我调到县农行、县农信联社、省农信联社，大多数时间从事文秘、写作之类的工作，说起来和笔还是有缘。所不同的是自到省城后，工作环境变了，时代的变迁日新月异，写作的工具也与时俱进，从钢笔一下子更换成了电脑、超薄型荧屏、笔记本电脑等，彻底改变了大多数人的生活方式。

两年前，五一放假回老家，我从废旧的书箱里找出了七八本厚厚的日记本，有中学时的，也有刚参加工作时的，不由得坐下来翻阅起来。有钢笔写的，有圆珠笔写的，有铅笔写的；有的纸质发黄字迹模糊，有的干净平整好像从未使用过一样，各种色彩的塑料封皮也已陈旧风化，一用劲就会破碎。望着面前这些老朋友，不知它们写坏了多少支笔，写干了多少瓶墨水。它们记录了年少时我的一件件经历，记录了我青春时的激情与梦想，也记录了我情窦初开的爱恋……

也许今后码字已不需要钢笔，但我知道墨水无论是从笔端流出，还是从手机、电脑流出，已不重要，重要的是要肚子里有墨水，用心去撰写。

河西农信情

大漠戈壁、茫茫草原；

蓝天白云、遥远的地平线；

粗犷豪迈的歌声，悠扬飘荡……

你见过长河落日吗？

你见过风吹草低见牛羊吗？

你见过丝绸之路的驼铃声声，佛陇深寺的暮鼓晨钟吗？

这就是河西，这就是阳关，这就是驰名世界的万里古长城遗迹，这就是河西走廊——它从远古姗姗走来——从公元前1世纪的古楼兰王国，到汉武帝派遣骠骑大将军霍去病抗击匈奴；从西汉起始的古丝绸之路到西晋十六国时的敦煌壁画……

2006年至2009年的4年时间里，我有幸陪同《中国金融》报社的记者3次采访西部农信人的风采。

就在广袤的西部大地上，在辽阔的西部城乡的每一个角落里，一群农信人以其独特的生存方式，以其扎根乡土、面向“三农”，支援城乡，苦干求实的独有作风，苦苦寻找着一条艰难的成功之路。

西部农信服务方式和服务手段陈旧，业务经营品种单一，管理方法简单粗放，四五十年来，一直制约着其市场拓展和业务的发展。同时，服务工具和营业设施更是跟不上飞速发展的时代要求，结算手段和网络建设严重滞后，其他专业银行早已实现了电子化、网络化服务，而农村信用社才刚刚起步……

近几年，特别是随着西部各省市农村信用联社的成立，农村金额体制的改革深化，农村信用社异军突起，已经成为支持农村经济发展和新农村建设的主力军，其自身业务发展突飞猛进，业

务总量不断攀升，服务手段、服务方式和服务设施日新月异，改革和经营管理各方面都取得了可喜成绩。

产权制度改革取得明显成效。农信社通过开展清产核资和增资扩股，进一步规范股权结构，明晰了产权关系，各省都成立了数量不等的以县为单位的农村合作银行和以县为单位统一一级法人社，农信社分散弱小、功能薄弱的局面得到改变。

有效的激励约束机制初步建立。各省农信联社建立健全了“三会一层”法人治理架构，基本形成了决策、监督、执行相互制衡的法人治理机制。通过人事、劳动用工和薪酬分配制度的改革，建立激励约束机制，有效激发了经营活力。

国家扶持政策得到有效落实。各省相继成功兑付了人民银行支持农村信用社票据金额。

综合网络建设初显成效。按照“整体规划、分步实施、先行试点、滚动推广”的原则，在广泛调查研究的基础上，西部各省农信联社相继上线开通了电子综合业务网络，实现了通存通兑，解决了多年来困扰农信社发展的结算瓶颈。

良好的经营环境初步形成。各省农信社积极主动向省委、省政府请示汇报，与人民银行、银监局联系沟通，与省一级厅、局和地市一级政府等单位签订了有关合同协议，使经营环境进一步优化，业务领域得到极大拓展，有力推动了各项业务的快速发展。

健全了制度体系。各省农信社把制度建设作为加强行业管理和指导全省农信社业务经营的切入点，从构建“靠制度管人、按程序办事”的管理模式出发，起草了行业管理制度和内部管理制度，形成了学习制度、落实制度的良好氛围。

加强员工队伍建设，经营风险得到了有效防范和控制，资金运营水平得到进一步提高。各省农信社坚持“三农”服务宗旨，加大农业信贷投入，找准市场定位、拓宽服务领域、创新支农手段、改进服务方式、加强业务协作，积极支持农村饮水、道路、沼气、电力、通信等工程建设及农村社会事业和基础设施建设。在支持粮食生产稳定增长的前提下，积极支持农业结构调整，大力支持发展草食畜牧业和特色农业，重点保证春耕生产和受灾地区农民生产生活资金需求。积极探索经济资本管理和资本回报率考核机制，达到发展规模与结构、质量、效益的有机统一，资金的运营水平进一步提高。

重视稽核审计和安全保卫工作，成立了稽核总队和稽核大队，建立了“垂直管理、上挂下查”的稽核管理体系。加大安防设施建设资金投入，有 71.37% 的网点安装了数字监控设备，有 45.6% 的网点安装了防弹玻璃，每个县联社配备一辆专用运钞车，提高了物防和技防能力，使网点达标率达到 94.7%；同时建立了责任追究制度，加大了处罚力度，从而使稽核审计与安全保卫工作对各社（行）业务经营起到了良好的保驾护航作用。

帮扶户

2015年正月十二，天寒地冻，冰雪覆盖，我们省农信联社一行五人在包片领导带领下，早晨从兰州市出发，行经二百一十多公里后，来到帮扶村——甘南卓尼县木耳镇秋古村。

汽车在白雪皑皑掩盖下的山涧公路边停了下来，我们步行走访定点帮扶贫困户。先是调查摸底，然后是建档立卡。来到我帮扶的藏民马少脑家，昏暗简陋的房间，找不出一件像样的家具，锅碗瓢盆零散摆放在用灰土砖支撑的木板柜子上。当领导问起他们的生活和生产经营情况时，马少脑的爱人索五九泪流满面，泣不成声，她说：大儿子大学毕业后投资的蚯蚓养殖回本无望，现在连媳妇都没着落。丈夫身体不好，公婆年岁又大，田地里种的药材收成不错但出售困难，没有买家……

我们心下不忍，赶紧拿出精准扶贫台账，根据他们家的情况一一介绍相关扶贫政策，鼓励他们搞好家庭种植养殖产业，我们会帮助他们寻找销售渠道，申请扶贫资金，也会尽可能找到适合的帮扶政策帮助他们。马少脑一家听后满脸乌云散开，挤出了些许笑容，似乎从我们的建议中看到了新的希望。

怎样帮？怎样扶？这是我们当务之急的大事。我们在兰州走访了一些养殖企业和种植企业，也在当地县、乡、村调查了一些脱贫致富的能手，经过多方了解，结合当地村民的种植习惯、气候特征和土壤特点，因地制宜，论证出了切实可行的方案，那就是种植和养殖。于是，我们一次一次走进这个家庭，动员他家以养殖的新模式为主，以自家承包地种植药材为辅。马少脑的爱人索五九半信半疑，说试一试也行。就在当年夏天，一次特大洪涝灾害发生后，道路冲毁，田地受灾，种植的药材被洪水冲走。我们省农信联社驻村工作组队员，及时制定方案，筹措资金，到达帮扶村，对家家户户展开调查摸底，捐助资金，出谋划策。在我们一次又一次不厌其烦的动员、帮助下，在看到马少脑他们家养殖业有起色的情况下，村民们也陆陆续续地种植了药材，培育了树苗，有的还办起了养鸡场，建起了牛棚、羊圈、猪圈等。

秋冬季节，我们再次走进马少脑家大门时，远远就闻见一股喷香的味道。听见我们来了，马少脑的爱人索五九身着藏族妇女喜庆的藏蓝色花裙子迎了出来，她笑着说：“昨晚村主任就说了，你们今天要挨家挨户地查看我们的养殖场情况，多亏了你们的帮扶，我们才有了今天的好日子。”旁边的马少脑有点腼腆地把我们让进屋，他看上去气色好多了，屋子里也比以前整洁了许多。他一边泡茶一边说：“我们现在生活条件好多了，我的病也大有好转，大儿子现在专门养鸡、养羊，一年收入有七八万元。我们的药材现在销量好，有人专门上门收购，不愁卖不出去。多亏了你们给我们家指了个好路子，党的政策好啊！”我问：“你们的小儿子呢，怎么没看到他？”他说：“去市里上了重点中学，住校不回来。”

稍作休息后，我们随着主人走进这个焕然一新的养殖场，看到四百多只肥美的大公鸡大摇大摆地在院子里走着，身上的羽毛油得发亮，在阳光下显得特别耀眼。一千多只母鸡在新场地里一边散步一边咯咯地鸣叫着，声音此起彼伏，像庆贺着新生的喜悦。马少脑在我们拿的调查表上签字的时候，嘴里念叨每天有四百多颗鸡蛋出售，十来只鸡要宰杀，这天天有进项，日子好过多了。

看到他们一家生活的改变，我欣慰了！扶贫攻坚战，作为一场“战争”，只有真心和热心才能赢得交心和信心；只有“扶”与“被扶”互相配合，才能赢得帮扶户的信任。当我们走出他们家告别时，马少脑两口子还依依不舍，像是有道不尽说不完的话要对我们说。

离开了马少脑家，我回头望了望他们高大宽敞的养殖场，听着风，心里由衷地为他们高兴，他们脱贫了，我的工作就算成功了一半，因为还有一半在帮贫的路上。

祝愿我们的帮扶户在致富路上越走越稳，用勤劳双手把家园建设得更加美丽。

驻村逸事

自2012年全省开展“联村联户　为民助民”行动以来，省农信联社高度重视，并采取了一系列措施，全力支持帮扶的12个贫困村脱贫致富，每年投入的资金超过50万元。卓尼县木耳镇秋古村是帮扶村之一，经过4年多的扶持，于2015年6月彻底脱贫。在这期间，我积极响应省扶贫办“脱贫不脱钩”的号召，驻村蹲点，严格要求自己，工作踏实认真，兢兢业业，任劳任怨，做了大量的扶贫济困工作，受到秋古村群众的交口称赞和村党支部、村委会的一致好评。

驻 村

我在4年多的“双联”工作中，深深了解农牧民们生活的艰辛，虽然脱了贫，但他们的生活问题从根子上还没有彻底解决。我坚持长期蹲点驻村，一次就是20多天，一个人吃住全在村委会。忙完手里的活，我就找点农活做做，打扫村委会办公场所卫生、铲草、扫院。发现村委会宣传栏里的资料陈旧脱色，我就自己排版，打印资料并张贴出来。白天和村委会干部一起走村串户、商讨帮扶项目和计划，调查了解民情民意和生活状况，和农牧民一起上地劳动，种植当归、黄芪等药材。晚上在电脑上设计并填写“联村联户民心卡”，绘制村民基本情况表，制定扶持目标、措施和项目，建立村民档案和卡片，将全村的基本数据统一录入、存储、管理，确保扶持信息真实可靠。实现了农牧民信息与帮扶

干部信息对接。采取帮扶干部与农户点对点、面对面的扶持方式。我一心一意为全村农牧民出谋划策，为秋古村早日奔上小康生活付出了十二分的辛劳和汗水。

学　习

我在长期的驻村帮扶工作中了解、认识到，要想让村民们早日脱贫致富，奔上小康生活，既要从经济上加强扶持，也要加强智力开发；既要扶物质，也要扶精神、扶心灵、扶智慧、扶文化。我自掏腰包购买了 40 本《农村百事通》发放给贫困户，并在村委会办起了学习班，让不识字的人可以了解到致富脱贫的内容。后来，我又跟单位领导申报，由省农信联社为村民订阅了《甘肃农业》《农民致富之友》等杂志。在 2015、2016 年春节期间，我还给农牧民撰写春联 150 多副，替帮扶对象和贫困户、村委会干部书写脱贫致富书法、励志名言等。我自行编写了一套励志名言，如“精准扶贫精准脱贫，早日奔上小康之路”“希望在这里孕育，致富在这里培植”“千里赴卓尼，双联结情谊；入户察民情，村头接地气；惠农上田头，信合数第一”等，很对农牧民的心思，备受他们的喜爱。我利用帮扶的业余时间撰写了题为《甘南卓尼扶贫纪事》的长篇纪实文学，发表在《甘肃信合》《飞天》《金融文坛》等杂志上，收到很高的阅读量和好评。同时，我还通过多家媒体栏目，大力宣传帮扶脱贫工作和农信社高质量的服务宗旨。

帮　扶

在省农信联社的大力援助和我们驻村帮扶工作队员的热情、细心周到的服务下，2016 年 2 月底，卓尼县又把秋古村列入全县第一批脱贫后奔上小康的藏民文明示范村，计划在三年内实施完成。

时不我待，只争朝夕。春节还没过完，我顾不上秋古村 2500 多米的海拔，顾不得高原反应，就和兰州设计院、木耳镇、秋古村领导一起，马不停蹄地穿梭在严寒中。恶劣的环境，山连着山，地广人稀，一个村到一个村得走好几个小时。大雪纷飞、白雪皑皑，看不出哪里是路哪里是沟沟坎坎，唯一的交通工具就是自己的双腿双脚。鞋子破了可以买新的，跌倒了可以爬起来，唯独时间溜走了无法挽回。

连续几天进村入户调研、超前谋划、丈量土地、设计图纸，连续召开多次村民座谈会，敲定了方案，初步确定了先进行农户彩钢屋面、土炕、旱地厕、水路等改造；其次进行文化体育广场、道路硬化等筹建；然后进行农家乐、小康村的打造。这三步走的计划，相信用不了三年，秋古村将会以一个全新的面貌展现在卓尼县，我们也将不辱使命，向甘南藏族自治州和省联社交上一份满意的答卷。

有了方案和目标措施，接下来就是如何实施了。我们总算舒了一口气。村干部和村民们看到我们没日没夜地为他们操劳，都

万分感动，好多村民感叹说，“像你们这样为我们农牧民办实事的干部，不是亲人胜似亲人啊，我们一定积极配合你们，你们说怎么干我们就怎么干，这是咱们秋古村的大事，是咱自己的大事，也是祖祖辈辈做梦都想改变的大事”。

看到村民们竭力拥护、大力支持的高涨势态，我似乎听到秋古村蝶变的号角已经吹响，似乎看到了座座整齐的屋舍炊烟袅袅，似乎看到了湖水荡漾的生态公园，似乎摸到了党建文化墙上熠熠生辉的党旗，似乎闻到了格桑花绽放的味道！

甘南扶贫纪事

2012年2月，甘肃省委号召广大党员干部在全省开展以单位联系贫困村、干部联系特困户为主要内容的“联村联户、为民富民”行动。联系对象是以全省58个贫困县8790个贫困村为重点，由40余万名干部联系40余万特困户。2015年初，党中央提出了在全国开展“精准扶贫精准脱贫”号召，甘肃省信用联社积极响应，及时投入到所承担的全省12个村帮扶工作中。这是第六组在甘南卓尼县帮扶的一组纪事。

——题记

进　村

我在省农信联社工作期间，曾多次到甘南下乡。记忆中的甘南草原天高云淡，绿草如茵，河流清澈，一派纯净且生机勃勃的景象。肥硕的旱獭在绿草间穿梭，时而翘首特立，时而左顾右盼；青鱼在激流中猛烈冲撞，时而结伴遨游，时而跳跃欢腾，泛起一片片鱼肚白。

秋古村在卓尼县的东南面。从村子远处眺望，连绵起伏的绿毯上缀满了黑的、白的斑点，又时不时变换成各种有趣的图案，黑色敦实的牦牛、洁白如雪的羊群便是高山草甸最美的装饰。

2012 年 2 月 16 日的头天晚上刚刚下了一场厚雪，全村白茫茫一片。清晨，我们一行 4 人到了木耳镇秋古村。这里海拔 2540 米，高寒缺氧，秋古村 521 口人中有 60% 都是藏民，家家户户都养狗，有些是纯种的藏獒。全村人靠养牛、养羊、种植药材和劳务输出为经济收入。

看着被两条狭长的高高的大山夹在中间的村子，陪同我们的村党支部书记刘兴中顺口喊起了当地群众中传唱的顺口溜："山高石头多，出门就爬坡，地无三尺平，村里光棍多。"通过挨家挨户了解情况，我们发现村里有余钱的人寥寥无几，村民人均可支配收入高的只有 2800 多元，大部分人家也就 1500 多元。这里农牧民家庭经济收入偏低，增收致富非常缓慢，低保覆盖全村。年轻人娶亲难，留人就更难了。

驻足秋古村山顶，仰望蓝天，伸展开双臂，从来没有觉得天空原来可以离我这么近。秋古村的晚上非常美，特别是夏日的夜晚。那时，我在村上蹲点，吃完饭就和驻村的几位干部散步在村子边上的洮河岸、树丛边，抬头看湛蓝湛蓝的天上月光皎洁，星星眨眼，真有些置身于“明月别枝惊鹊，清风半夜鸣蝉。稻花香里说丰年，听取蛙声一片”的诗情画意中。

秋古村风景秀美，但与其不相匹配的是农牧民贫困的生活。

开　会

记忆中，三四岁时，在农村老家跟随母亲到村委会的打谷场和场房里开过几次会。30 多年前，老家的打谷场和场房都是简易的，没有板凳，席地而坐或随手捡块石头坐在上面。这几年到秋古村后也开过好多次“双联”会和“精准扶贫”会，印象最深的是 2015 年年终考核会。

2015 年 12 月 28 日，大雪弥漫了整个天空，山上山下、房前屋后全都是厚厚的积雪。

省双联办考核组冒着严寒风雪，要到我们帮扶的秋古村进行年终考评。我和乡镇驻村的罗村官和梅村官，还有村上的刘支书、拉牟文书（藏民），早早来到村委会，分头打扫卫生：我和罗村官打扫院子里厚厚的积雪，刘支书给会议室生火，文书拉牟和梅村官打扫会议室卫生。不到一个小时，就把整个村委会收拾得干干净净。随后，我们将会议室墙上悬挂的贫困户基本情况、帮扶目标、措施等宣传栏重新挂正，擦洗一遍。

原计划将贫困户召集到村委会提前开个会，请大家对我们这一年来的帮扶工作提些意见和建议，一看天空洋洋洒洒的大雪还在下个不停，我就说："天冷，雪又大，就不叫村民了。"罗村官和刘支书都说："在广播上叫一下，能来几个就几个，哪怕来两三个，当个贫困户代表也行。"我说那也好。刘支书就打开扩音器，先放了几分钟村民们爱听的秦腔，接着就喊开了："村民们注意了，省委精准扶贫考核组要考核省信用联社帮扶大家的情况，请大家来村委会参加一下……"

不到 20 分钟，陆陆续续来了二三十人，有年老的，有年轻的，大多数我都认识，也能叫上名字。

会议室本来不大，一下子涌进来这么多人，显得有些拥挤，大家都站在一旁，仅有的五六张长条椅，留着给考核组坐。刘支书搓了搓冻得发红的手说："大家都将就一下啊，天冷，地方小……"刘支书说完，梅村官接着说道："大冷天的把大家叫来，就是想请大家对我们这一年来的精准扶贫工作提一些意见，特别是省联社今年又捐助了 50 万元，帮助大学生上学，还帮助大家种药材、养牛，这些大家都一清二楚，要认真考核打分啊!”

我大概清点了一下，来了32位村民，大都是我们省联社帮扶的贫困对象。有几位年轻的村民向我投来感激的目光。

考核组到了，刘支书代表村里发言:“这几年，我们村里有了翻天覆地的大变化，80%的农牧民新修了砖混结构的房子，家家购买了摩托车、三轮车，村路硬化了，还购置了垃圾清理箱，兴建了农家书屋……还有，只要孩子能考上大学的，再也不愁上不起学了，这一切的一切，都是省联社捐助帮扶资金、拿出了真金白银贴心帮扶的结果……”讲完后，刘支书向我坐的方向深深地鞠了一个躬，这突然的一个举动，让我措手不及，连忙站了起来……

考核会结束后，我和30多位村民代表一起走出会议室，此时雪已经停了，微红的太阳也悄悄从云层里探出了头，刘支书大声说:“瑞雪兆丰年啦!”

慰 问

2015年儿童节前后，省联社工会买了5万多元的书包、书籍等学习用品去学校慰问，当时，我跟随卡尔钦乡信用社主任杨健拉了三大车慰问品，分别到卡尔钦乡的麻地卡学区、卡尔钦学区和木耳镇的中心学区慰问。

5月29日下午，我们先到了麻地卡学区。刚到校门口，就有3位老师出来迎接我们。我和杨主任下车后，他指着一位微胖、中等个子、30多岁的人介绍说:“这是大扎学区的张校长——是我的大女婿。”

我热情地和张校长握了手，接着他安排几位老师和十几个学生从卡车上卸下学习用品，又和另一位肖姓教导主任领我们在整个学校参观了一圈。

校园不大，占地 1000 多平方米，有 3 层教学楼，一排教师宿舍，操场上有一块篮球场、两个乒乓球台。我问了学校的情况，张校长介绍道：“我们学校现在有 14 名老师、58 名学生，1 至 5 年级 5 个班，前几年有上百名学生，这几年都陆续转到了乡中心学校，那里条件稍微好一些。”

随后，我们到操场国旗杆旁边的空地上举行了捐赠仪式。我和杨主任将书包、书籍等学习用品一一交到学生手中。

张校长代表学校对我们省联社表达了深深的感谢，学生代表给我和信用社杨主任分别献上了洁白的哈达。

最后，我简短介绍了我们省农村信用社的人员、业务、网点等基本情况，希望孩子们努力学习，用优异的成绩回报社会，报答父母的养育之恩。

5 月 30 日，我和县联社办公室的小田、卡尔钦信用社杨主任又到了卡尔钦学区。

卡尔钦学区是小学和初中合办的九年制义务学校，校园宽敞，一眼望不到边的操场上铺着碧绿的橡胶垫，学生很多，条件比麻地卡学区好多了。

校长是一位年轻精干的 30 多岁的杨姓青年。据卡尔钦信用社的杨主任介绍，杨建平校长是多年的全县优秀教师。他迎接我们时拄着一副拐杖，歉意地说："不好意思，前天学校进行篮球比赛，我不小心崴了一下腿。"我开玩笑说："校长带头打球，前天崴腿，今天我们就来慰问了！"大家都笑起来。

我们举行了物资捐赠仪式后，我问学校有啥困难，杨校长快人快语："听说你们省联社要帮麻地卡村硬化村路，还要拉路灯，我们听着很是羡慕。这里距离麻地卡有 10 多里路，不属于你们单位帮扶的村子——"停了一下，杨校长用祈求的目光望着我说："你们大老远的给孩子们送来慰问品，我们全体师生很是感动，也不敢再提啥要求，但是，有一件事，实在想请你们单位——"肖校长欲言又止，我看他很为难，就鼓励他："有啥事你尽管说，只要我们有能力，一定积极解决！"杨校长的喉结上下滚动了一下："我们这里的师生每晚要上自习，特别是冬天的晚上，没路灯，下自习后老师学生都摸着黑走路，有些胆小的女同学都不敢来上自习。听说你们要给麻地卡村拉太阳能路灯，能否给我们也增加 3—4 个杆子，拉上四五盏路灯啊！"我大概估算了一下费用：四五盏灯就是四五万元，我答复："行，您放心，我一定把您的请求如实给省联社领导汇报。你们这里虽然不是我们的联系村，但争取一定解决！"杨校长拄着拐杖，极不灵便地一直将我们送到校门外。

我代表单位慰问完了 3 个学区后，回到了单位，将卡尔钦学区杨校长所反映的困难如实向领导做了汇报。领导通过召开会议研究，不到 2 个月就给卡尔钦九年制中心学校大门口的路边栽上了 5 根杆子，拉上了 5 盏日光照明灯，杨校长为此事还专门写来了感谢信……

忆甘南

2014年初，省委、省政府号召全省各级干部要包片驻村扶贫，我申请到甘南卓尼县木耳镇秋古村帮扶，这一驻就是三年。

三年来，我慢慢熟知了甘南，熟悉了藏民的乡土人情和风俗习惯。

有一种生活注定是孤寂的，须一个人走完。我不善言语，喜欢安静独处。最近一段时间，天总是在下雨，山村浸透在寒意中，气候多变的甘南，不比江南小镇的恬静淡然，她的一马平川倒是比书中江南诗人笔下幽怨的雨巷有着另一番景象，令人总想在每一次狂澜的风中情不自禁地吟上一首塞北的诗，好像也只有如此才能平复这耳畔呼啸不断的冽风。

恍惚之间，我在这条路上来来回回走了三年有余。一次又一次，每一次看到同样的路和风景内心产生的情愫却又不同。从家到卓尼县，途经临夏、合作，途中的山，途中的水，途中的广袤草原，犹如湛蓝的太空，我仿似一颗风粒子在其间漫游，置身于牧场，赶牛羊、听风声、套牧马，悠闲自在。草地上的牦牛、羊群，平坦辽阔的草原，湛蓝无边的天际，都那么和谐自然，令人舒畅。

走了三年多的路上，每每深情地观望这不曾改变的沿途风景，它们扑入我怀，余影尚存，且又匆匆随风而去，眼角余光中，还可以清晰地看到它们褪去的模样。在变幻之间，总不愿再回头。我的心，亦在纠葛之中四处奔波着找寻一块掌心般大的地方来将自己安放。

甘南，一个人初来这里，会无法适应她的桃源气息。然而，这儿恰巧可以人为地养成清宁的状态，终会找得到一隅净土，让

你安定成性。初到此地，我们总会在苦笑中嫌弃，总会与远方的友人互相调侃，记得最清楚的一次，那是和朋友的一通电话，朋友当时问我：“在你的‘大甘南’，还好吗？”我深知那一个“大”字里夹带的深意，便如是作答：“那是！我的‘大甘南’就是个好地方，一个修身养性的绝佳之地，那些市井嘈杂之地怎可与之相比？劳您惦记，在这儿，我好得很！”之后，电话两头传来一阵笑声，这次，我成功地为自己辩护了一回，也第一次为甘南辩护，却不想在以后的日子里慢慢喜欢上了她。

如今，我已习惯了每天早晨从宿舍窗户向太阳升起的山头望，用手机拍许多粉红色的霞光和黄昏的彩霞。

甘南，从我初来对此地的嫌弃到如今平心静气地全身心接纳，最喜欢这里蓝得剔透的天空，感觉她的蓝在源源不断地挥发着一股宁静、悠然之气。再相应地看当地的藏家居民，说这儿是“神仙居住的地方”丝毫不为过，因为她最会抚平人的躁心，最会拥抱你的焦灼，最会抚开你紧锁的眉头……

第二篇

温暖的日子

油 灯

在我小的时候，最怕过冬天了，虽然有几件哥哥淘汰的旧棉袄裹着，冷风还是飕飕地钻进衣缝里，窜进衣领里，耳朵鼻子冻得生疼，双手冻得红肿，特别是在教室里上课时，双脚经常冻得麻木。冬天天黑得格外早，没等放学回家，天就黑尽了。等我们进了家门，奶奶就划拉着火柴，点亮煤油灯，油灯如豆。如果门没关严实，或者被窗户里漏进来的风一吹，微弱的火苗就"扑哧"一声被吹灭了。奶奶第二次点灯的时候，就躲进灶膛里，等火着一会儿，奶奶就用针尖挑一下灯芯，屋子里就亮堂多了。

这是一盏很久远却很精致的油灯，据说奶奶嫁过来的时候就有了。油灯是玻璃材质的，有一个细长的腿连着圆形厚实的灯座。

中间是椭圆形鼓鼓的肚子，青色的煤油就装在肚子里，类似于现在高脚杯的样子。上面拧着铁的灯头，灯头中间是棉质的灯芯，细长地垂吊在青色的煤油里。

煤油灯下的冬夜是温馨的。吃过晚饭，奶奶就收拾了碗筷，将煤油灯放在方桌中间，我和弟弟就趴在小方桌上面写作业。手冻僵了，我和弟弟就靠近油灯暖暖手，并投一双指头粗壮的大手的影子在墙上。我们觉着好玩，就轮换着将小巴掌遮住灯光玩耍。我两只手变换着，一会儿是小兔子的影子，不住地摇晃着长耳朵；一会儿是大灰狼的样子，嘴巴一张一合。弟弟嚷着让奶奶快看。奶奶坐在热炕的一旁，低头纳着鞋底，我俩扰乱了光亮，奶奶也不发火，只哈哈地笑着。门外传来妈妈急促的脚步声，随后又传来妈妈轻轻的叮咛声，让我们安静好好写字学习。

外面传来扑踏扑踏的脚步声，接着厚门帘被掀开，进来一个捂得严实的身影，长褂的棉衣包裹着身材。来人一层一层解了围巾，一屁股坐在火盆旁边的炕边上，两只手在火苗上来回翻烤着，嘴里还不住地吸溜——这是邻居大叔来串门。父亲将那个擦拭得油光透亮的黄铜水烟瓶递给邻居大叔，再将一缕精细刮割好的木柴棍递过去，邻居大叔就慢慢地将黄铜水烟锅里的水烟捋一点按在铜烟锅嘴上，用柴火棍在小油灯上点着，然后就着烟，对着烟嘴猛吸一口，微闭着双眼，一股浓浓的烟雾自然地从两瓣嘴唇间泄出来，顺着脸颊鼻翼袅然升腾，过一会儿才睁大眼睛。大叔很是陶醉，很是享受，很是惬意。

邻居大叔边抽烟边发些家长里短的牢骚，坐半天起身要走时，慢慢地从棉衣里掏出一个小玻璃瓶，红着脸说："老婆让借点煤油！"妈妈便笑他："坐这半天，你家屋里都没点灯摸着黑？"他便挠着头嘿嘿地笑。父亲从身后拿出油壶摇着咣当响，也已经见了底，父亲就拔了方桌上油灯的灯头，折了一半过去。

后来，大哥在兰州上大学，买了一盏带玻璃罩的"高级"罩子油灯，这种灯很亮，但费油。晚上经常是妈妈在缝纫机上缝衣服，我和弟弟写作业，三人共用一盏油灯。

我上高一的时候，传说了几年的村里要通电的事，终于在那年冬天实现了。村里隔几十米就栽一根高大粗壮的水泥电杆，两条银色的电线把一根根水泥杆串在了一起。通电那天，村里像过年似的，家家灯火通明，村委会还组织了社火表演。

很多年过去了，那盏形状如高脚杯的带灯罩的煤油灯，一直被奶奶小心地搁置在新建房子里的柜台上，她再三叮咛，一定要看管好那盏煤油灯，不要摔碎，因为它不知陪伴着我们度过了多少个夜晚。每每那盏灯映入我的眼帘，我思绪万千，仿佛又回到了煤油灯照亮的那些温馨又温暖的冬天。

手工面条

陇南人都喜欢吃面条，一样的五谷，百样的吃法。陇南人的传统面食品种较多，烙制面食如锅盔、饼类；炒制面食如炒面（小麦、麻籽、莜麦和豆类等炒熟磨成的粉状物）；蒸制面食如花卷、馒头、大卷子；煮制面食如搅团、臊子面、拉条子、拌汤、凉面和手工面条，等等。

陇南人的午餐或晚餐必食面条，几乎家家如此。

在所有面食中，最爱吃的是外婆、妈妈做的手工擀面条。小时候，家里人口比较多，外婆或妈妈做晚饭时总要手擀一张大大的圆形面，然后将客厅的地面仔细打扫干净，将圆形面晾在地上半小时左右收回，然后用刀切成一条条或窄或宽的面条。

妈妈是个擀面的好手，从半盆面粉到擀好一张面，除去晾干的时间，往往也就十多分钟。农村的木案板很大，但永远平铺不下妈妈擀好的那张面。妈妈切好的面条长度往往在 15 厘米左右，入锅煮沸，放点凉水再煮沸片刻后，就可以出锅了。这锅面条可以是白水面条，可以是酸汤面条，可以是洋芋面条，可以是西红柿鸡蛋面条，可以是调了臊子的肉面条，也可以是过年前才能吃到的蒸猪血面条……

妈妈切的面条长短刚好，挑起一筷子，可一下吸溜入口，不似吃的拉面那样，挑起一筷子，还需舌头配合口齿切断，半截子又掉入碗里，弄不好衣服上再溅些汤汤水水。

妈妈做的饭食，塑造了我的胃，也固化了家的味道，让我养成了午餐爱吃面条的习惯。妈妈知道我爱吃擀面条，在我将要离家去工作之前的那些日子，多次督促让我学习擀面条，并手把手教我，可能是我缺少悟性，擀出来的面条不是厚薄不均匀，就是中间有一个大破口子，或者面的形状不圆，或扁或长。妈妈对没教会我做手工擀面条非常遗憾，也对我将来吃不上手工擀面条的状况有些担心。

如今，离开老家已有二十多年了，但晚餐我也多喜欢吃面条，只不过是味觉被动适应的机制轧面条。后来因为有了孩子，她喜欢吃米饭，我不再有

每天一顿的面条。家里有时为了吃哪一个种类的饭食而争论不休，最后爱人说：擀面条和蒸米饭间隔一天一次，这样很是公道啊，一家人都统一了意见。

爱人对自己手工擀面条技艺深信不疑，并以一手地道的手擀面条，向全家人展示了我们如今的晚餐状态，几十年来妈妈心头的那块石头终于落了地。

妈妈老了。近一年来身体也大不如从前，先是低血压，后来又成了高血压，最后两个膝盖疼痛变形，手擀面这种气力活再不能亲自做了。好在有手巧的姐姐、贤惠的大嫂，还有 3 个外甥女，都传承了老家农村手艺，擀得一手好面条，让妈妈每天都有好口福。

如今回老家，晚餐必然是几位女眷做的擀面条。吃饭的时候，妈妈总会让大家围坐在饭桌边，并一个劲儿地说好吃。我知道，妈妈喜欢的不仅是一碗手工面条，更是一家人在一起的热闹与和谐。

荞麦凉粉

老家陇南礼县出产五谷杂粮，还出产一种小吃——荞麦凉粉。荞麦凉粉有小荞麦和大荞麦两种面做的。大荞麦面凉粉白，细腻；小荞麦面凉粉绿，粗糙。每到夏天气温高的时候，全县各乡镇各村子几乎家家户户都要做荞麦凉粉，凉粉解酷暑、降血压、软化血管、清热解毒、活血化瘀，方圆百十里的人都说好吃。

做凉粉是个很累人的活儿。先将荞麦去皮，粉碎，再将粉碎后的碎颗粒用温水浸泡，到一定程度后，就用手工搓、揉、擀，弄成细细的粉末，然后加水搅调成糊状，再装入一个纱布做的过滤包，用人力挤压过滤后放进一口锅里。点火加温，锅里用一根擀面杖搅拌，连续不断地画着360度的圈儿。

荞麦的精华越搅越稠，火候一到，就用勺子舀进一个瓦盆或瓷盆里，凉了以后，便是凉粉。

盆子反过来一扣，就是一个凉粉坨。切打凉粉的是一个特制笊篱，手执笊篱在凉粉坨上一圈一圈划动，就是细细的一缕，手抓起来一抖长长的一把，刚好一碗。除了一般的醋、盐、蒜泥、油泼辣子等，还有一种特制的菜籽芥末调料，尤其是在炎热的夏天，吃上一口，那个爽啊……

荞麦中，小荞产量低，籽粒小、皮厚、生长周期长，农人们现在种植的少了。我们种的一般是大荞，大荞麦产量高一点，籽粒大，皮薄，且做出来的凉粉白嫩细腻，吃起来可口。

“头伏的萝卜中伏的白菜，三伏的热荞来得快。”农家人头伏种萝卜，中伏种白菜，三伏种荞麦，但由于三伏有点迟，如果遇到早霜，就会给荞麦带来成熟不好的问题，所以人们刚交上中伏天就开始种荞麦了。

荞麦种上三天就长出来了，因为这时候的土质温度高，所以荞麦芽就出土得快。不几天，绿油油的土地上，就开成了大片大片的粉红色。

白露过后便是秋分，这时候，叶子零落了，红红的荞秆撑开的枝头上，全是一疙瘩一疙瘩黑黝黝的硕果。逢上夏收减产的年成，这茬丰收了的荞麦，就可以给农人们补回口粮来。

“凉——粉——”做荞麦凉粉生意的人挑着凉粉担儿一声声长长的吆喝，一如夏日枝头的子规鸟亮着的嗓子，打破了静悄悄的浓荫。

礼县的荞麦凉粉，吃过的人都说好，“柔韧，脆生生，滑溜溜的”。

丁香花海

在天水东南的秦岭山脉南脚下，与陇南西北交界处的礼县，在秦皇湖边、天台山底，有一个叫草滩的小山村，四面环山，绿树成荫。村子靠北朝南，被自南向北绵延的天台山峦拥抱入怀。这里属典型的长江上游丘陵地区，气候湿润，水草丰茂，在村周围形成五座馒头山巅，酷似农家人蒸的馒头，村人将其称为“五马盘槽”，意为五个山头都朝向小村里，必定会平安富贵。馒头山上有松树、杏树和桃树，随着年岁的增长而愈加高大挺拔，四季常青，密不透风。

三月初，陇南小镇红河街旁、秦皇湖畔的丁香花次第开放，星星点点，呈粉红或雪白或青紫，点缀着红河迟来的春天。但这儿一簇那儿一点，终不成气候。这时候，下草滩村已是丁香花烂漫的世界。紧靠着房子后面的头顶坡上，丁香花简直是花的海洋。花儿粉嘟嘟的，花香清新淡雅，白天黑夜，如丝如缕，花色撩人，让人如痴如醉。

故乡的丁香花是野生的。从我记事时起，头顶坡上就有了。深深浅浅的花吸引着我们，我们便在花簇中捉迷藏，嬉戏。望着头盖大红头巾骑着毛驴的新媳妇由远远的山头上慢慢走来，我们嘴里唱着“我家的新媳妇俊俏俏”的儿歌。当新媳妇走近身旁，我们就躲在丁香花簇中，看着新媳妇骑着毛驴从身旁的山道上慢慢过去了，我们又远远地跟在人家的屁股后面喊。上小学以后，有时老师会带上我们爬到山坡上的丁香花丛中上室外课。一边听着老师讲课，一边吮吸着丁香花散发出的淡淡馨香，同学们个个陶醉其中，一个比一个认真，课文一个比一个背得快。丁香花是一缕一缕的，一个根系辐射出几十个上百个枝条，形成直径一米到两米的大花族。虽是野生，但一丛一簇之间距离均匀，仿佛有人刻意规划好似的。爱花的人家折了含苞待放的丁香花枝，插在瓶子里，摆在屋子里最显眼的地方，时时浇水，使整个屋子弥漫在淡淡的花香之中。同学们也学着样从家里拿来玻璃瓶插上丁香花，摆在教室里的讲台上、自己的课桌上，整个教室便也荡漾在花香之中了。

村子头顶坡上仿佛一个巨大无比的花山，花香包围了整个村庄，弥漫在出村去往红河街的公路上，使得不事张扬朴朴素素的村庄一个春天都像过节一样光彩无比。

花香也吸引了村外的人，惹得过往行人赞叹不已，流连忘返，必得向村里人讨几束方肯离去。也曾有人偷偷挖走一簇，但离开了固有的环境，丁香花就没有这么旺盛，还不开花。据说旧社会时有个县太爷跟我们村长讨要去一簇，原土原根，专人培育，终未见得丁香花开颜赏脸。故乡丁香花的名声从此大震！人挪一步活，树挪一步死，丁香花是多么富有灵性啊！秋冬时节，丁香慢慢地落叶了，光秃秃的枝条黑油油的，仿佛静默的哨兵守望着山下的村庄和村民。春夏时节，丁香便尽力展现自己的美丽与芬芳，这又多么像我们的祖辈啊！他们由富庶的中原和关中被迫背井离乡来到了这贫瘠偏僻之地，但毫无怨言，默默地坚守，辛勤地耕耘，悄悄地绽放……

三年困难时期，曾有村民砍割丁香花枝条做燃料，丁香花几乎消失了。偷割丁香花枝条的人被大家发现了，大伙便你一句我一句地数落个不停，数落得割了丁香花枝条的人无地自容叫苦不迭，恨不得找个老鼠洞钻进去，想割的人听说后幡然醒悟就断了念头。

野火烧不尽，春风吹又生。蛰伏几年之后，丁香花的根部又发出了新芽，冬去春来的几个轮回之后，又郁郁葱葱更加茂盛了。从此，大家倍加呵护丁香花。

外村来人要折丁香花枝了，须得村里的长者或大人首肯，他才会谢恩似的折几枝。有人要挖走一两簇，村长便郑重地告诉他这花比较娇贵，挪个窝它活不了。

丁香花就这样在众人的呵护下成长着，点缀着故乡那平淡的春天。

哦，故乡，那一片丁香花海……

野　菜

阳春三月，草长莺飞。广袤肥沃的土地上，甘美醇香的野菜齐刷刷、嫩生生地冒出土来，肥硕茁壮，饱含乳汁，既丰富了我们的餐桌，又满足了我们的味蕾，也飘香了百味人生、文化典籍、美食情结、民族风情……

野菜是春天给人们的第一个祝福，一场春雨过后，山坡上，沟壑里、庄稼地里、树杈上，到处都是野菜，种类繁多，不胜枚举，有五卓点、花椒芽、苦根菜、苦苣芽、香椿芽、荠荠菜、苜蓿芽、蒲公英、茵陈……一只筐加一把铲菜刀，这是收获野菜的全部工具。有时，为了收获更多的野菜，可以再带上一条大口袋。山坡地是野菜集中生长的地方，铲完一片地，还有另一片地，你今天铲过了，过几天它又长了出来，越铲越长，永远铲不完的。

野菜之美，在于纯天然、原生态。因此它的营养价值和保健作用胜过人工种植的各种蔬菜，而铲野菜的情趣，更增添了文化韵味。野菜也完成了从充饥到保健的角色转换，每年春天，吃着亲手采摘、烹调的野菜，体味着穿越千年的野菜清香，该是这个季节最惬意的事了。

周作人认为春天的好菜是荠菜，他在《故乡的野菜》中写道："荠菜是浙东人春天常吃的野菜，乡间不必说，就是城里只要有后园的人家都可以随时采食，妇女小儿各拿一把小铲刀一只'苗篮'，蹲在地上搜寻，是一种有趣味的游戏的工作。"

的确，荠菜的路数是野了些，野到早春在荒野的砖缝里伸懒腰，野到田埂上仰天晒太阳，野到春暖花开的时候一不小心就会在脚下，瞪着眼看着你。朝阳河坡的荠菜喜欢成片生长，绿油油的占满了每个角落，不一会儿，就能铲半篮子。野菜中，荠菜的味道是最好的，无腥苦，无怪味，摘些叶子用手一搓还有些淡淡的香甜，与其他食材混在一起，淡者出味，浓者提鲜。

我最喜欢吃的是五卓点，在小树上采摘下来后，在开水里焯一下，再用凉水过一遍，切成小细末，然后浇一点胡麻熟油，拌点蒜末、食盐，调一点香醋，吃起来带一点苦、带一点淡淡的甜，细嚼慢咽后，舌根上有一丝馨香的回味。

近些年，随着物质生活的富裕，家家购买了冰箱，不管乡村或城里人都发明了一种新鲜的野菜保存方法和吃法：春天将野菜采摘回家，择洗干净，用开水焯一下，用塑料保鲜膜分成小块包装好，再冷冻到冰箱里，等寒冬腊月或正月过年的时候，从冰箱取出消冻后，拌上胡麻油、蒜末和香醋，吃起来格外可口。

合着春风，围一桌好菜，两三人围坐，对饮小酌，爱山川风物，品尝美食，体味这春暖花开、清风晓月、烟火民间的世俗生活。

朋友，请放慢您奔跑的速度，给工作的压力和生活的重负按一下暂停键，去享受一番大自然给予人类的厚赠吧。

五月的麦田

五月，齐刷刷的麦子扬花灌浆，田野充满希望。此时的麦田很安详，在阳光的朗照下，麦芒直指云霄，麦穗饱满向上，成熟着乡村的希望，成熟着一个季节的梦。田间地头，总会有乡亲们在观看那一片一片碧绿蓬勃的麦田，看着看着就会忍不住笑起来，那个笑容，简直就像饱满的绿梦。

五月一场夜雨，清晨便格外清爽，沐浴五月细雨的麦田，更是碧绿透亮，那个碧绿，像鸡蛋清一般光润，像碧空一般透亮，这个时间的麦田，简直就是一篇绝妙的散文诗，充满诗意和美感!

乡村的孩子，会像小麦一样旺盛，将自己融入麦田。他们喜欢顺着地畔拔草，更喜欢寻找麦田里野生的小桃树或者小杏树苗，然后喜出望外地挖回家，也喜欢在拔满一筐草时簇在大树下，席地而坐，围着看一本难得的小人书。这五月的麦田，给了童年绿色的葱茏和向往，顺着这五月麦田，孩子们饱满了青涩的时光，收获了麦香和快乐。

乡村的孩子，自然和农事绑在一起，五月的麦事，少不了在课余时间帮父母除草、施肥、浇地。上中学后直到高考前，我就喜欢在干农活时捎带一本书，特别是浇灌麦子的时候，会有更多的间隙来看书。坐在麦田旁，微风轻吹，淡淡的麦香格外怡人，这个时候翻看一本心仪的书，简直就是一种别样的享受。每一个字，仿佛都是饱满的麦粒；每一页书，似乎都是荡漾的书海；每一本书，就是葱茏的梦。

五月中旬之后，那浓绿的麦田就会透出黄色，随着阳光的朗照，那渐渐露出的浅浅的黄色，就会日益金黄起来。让乡亲们高兴起来，让乡村饱满起来，让乡村欢喜起来。

五月底六月初，是麦子最后的成熟期。这个时候，乡亲们去田间地头的次数更频繁了，因为每一次展望之后就要盘算收割的日子，乡村在这个时候被欢愉的气氛所笼罩。

守望五月金色的麦田，一股浓浓的麦熟气息扑面而来，乡村金灿灿的梦将会破壳而出，收割的大幕此时此刻会悄悄拉开，片片金黄，满心喜悦。守望五月的麦田，就是乡村守望人生的希望和辉煌，就是守望生活的灿烂。

麦收时节

又是一年麦收季。

不事农务已经许多年了。还记得小时候每到收麦之际，乡村的学校正值暑假，孩子们欢喜雀跃着帮助父母收麦劳作。

清晨四点多，天刚麻麻亮，孩子们还在熟睡，大人们就已经带上镰刀去田间割麦子了。

较之夏季正午的酷暑难耐，早晨这几个小时则显得格外清凉。镰刀在麦子间舞动，发出咯吱咯吱的声音，这声音极是悦耳，既不显得焦躁，又不显得懒散，都是收获的声音。

太阳渐渐升起，八点钟左右，孩子们都从睡梦中醒来，他们一天的第一个任务就是给大人们送饭。收麦时的早饭总是简单的：烧开后的从村子的山泉里挑来的水、不久前刚腌制好的野菜、女人们头天蒸好的馒头。东西不多，可毕竟是孩子，右肩上挂着水壶，左手提着一个篮子，里面放着馒头和野菜。

到了地里，大人们接过篮子和水壶走到附近的阴凉下，背靠着大树长舒一口气，开始“享用”这简单的早饭。

大人们匆匆吃过早饭，顾不得歇息片刻，又继续进入田间劳作，镰刀也挥舞得更快了。这时，孩子们有了第二个任务——拾麦子。因为土路不平，麦子在运回家的时候总会从架子车上掉落一些，大人们会给每个孩子一个大大的化肥袋子，让他们去捡拾那些掉落的麦穗。孩子们也乐意做这件事，他们想走哪条路便走哪条路，想去哪里便去哪里，有时已经跑过了好几个村庄还浑然不知，返回时再仔细查看来时的路，大人们已经在田间劳作了一个上午，农服也已经被汗水打湿了又干，干了又湿不知道多少回了，酷热的阳光炙烤着大地，空气也开始扭曲，热浪迎面扑来。

中午的饭菜应该是一天当中最好的：啤酒、黄瓜、煎鸡蛋、炒韭菜、浆水面片等。大人们再次来到树荫下，背靠着大树，边聊天边吃饭。小孩儿则跑去附近的山泉边，为大人们打来一盆泉水。泉水刚从山崖里流出来，冰凉冰凉的，饮起来也是甘甜的，现在或许只能跑到大山深处才能喝到。大人们用茶缸舀起饮过几杯后，再把早已被汗水浸湿的毛巾在里面摆一摆，擦把脸，然后搭在肩上，再把啤酒放到盆中的泉水里，冰镇一下。

下午的劳作显得尤其艰难。天气炎热，人也最劳累。孩子们都在那几棵大树下睡熟了，大人们还在忙不迭地收割麦子。就这样一直劳作到晚上七点多，天已擦黑，孩子们早已醒来，帮着大人们把麦子捆扎好，把白天劳作的成果搬上架子车或新买的三轮柴油车，女人孩子坐在高高的麦垛上，男人驾驶着车辆，小心翼翼地行进在田间曲折的小路上，时而传来孩子们咯咯的笑声。

割麦的劳作一般要持续好几天的时间，之后，便要打麦子。男人把麦秆一捆一捆地送进打麦机里，这可是个力气活，但也需要些技巧，送得慢了耽误时间，送得快了机器很容易卡住。

收完麦子，紧接着就要播种洋芋或荞麦，大人们继续去田间劳作，孩子们也有了一份新的任务——看守晒麦子。小孩儿搬来一个小板凳，坐在麦子旁，驱赶小鸟以防麦子被啄食。太阳火辣辣的，每过一段时间就用木杈或者铁耙子翻动一下麦子。看守麦子总是枯燥的，孩子们免不了打瞌睡，有时不知睡了多长时间，猛然醒来，看着那成群来啄食的小鸟，慌忙跑过去驱赶，生怕大人们知道了责怪他们。

等到耕种完毕，麦子也早已晾晒干。大人们把晾干的麦子打包成袋，一部分留下自用，一部分则卖掉换取这一季的辛苦所得。

假期很快结束，孩子们背上书包回到校园，大人们转而忙碌着其他的农活。

多年之后，那时的夏日忙碌、机器轰鸣，欢快的嬉闹声、流淌的汗水已定格，架子车、尘土路、甘甜的泉水，还有那几棵乘凉的大树，总是在记忆中念念不忘。还会在下雪时想着庄稼，干旱时想着山泉，甚至于一阵风起，想到的还是那片麦田。

独坐桌前，我仿佛又闻到了麦子熟了的味道。

哦，我的老家，我的麦收时节……

打土墙

对生活在陇南陇东黄土地上的人来说，黄土不仅是养育人们的流土，还是农村最重要的建筑材料。人们修一处像样的院落，首先就要打地基、打土墙，然后在土墙上用“土基子”一层一层地往上垒。“土基子”就是一种用特制的模具打制而成的像厚土片一样的土块状垒墙材料，墙需要多高就垒多高。

打土墙可谓是农民一项特别重要的活计。在农村，人们根据打土墙所用的工具不同，把土墙分为板墙和椽墙。我所见到最多的土墙都是椽墙，这种墙是用六根竖木板、八根木椽轮番翻板而打成的。

打土墙的基本工具有四根碗口粗的圆木夹杆、六根或八根粗细一样长的木椽、两三个木楔子、若干条长短不一的粗细绳、若干大小不一的T字石杵、几把铁锨、一把木梯子。准备好这些东西后，先检查土质的黏度：伸手抓起一把上手试捏，不干不湿；不沾手易成团，向上抛起，落下时泥土自然散开，说明这个黏度刚好合适。如果黄土太干或捏不成团，就说明黏度不够，要适当加一些水。如果捏成团过两三分钟表面略微渗水，则证明土质的湿度过大，夯筑时打不成土墙，易成泥，要适当晾晒才行。

打土墙至少需要四五个人配合，多者可达数十人。在老把式的统一领导下，众人分工协作，说说笑笑，一堵墙很快就打成了。打土墙前还得先打好地基，根据土墙的厚度，量好距离，拉两根很直的线绳做参照，再挖坑栽四根碗口粗的圆木做夹杆，从第一堵墙开始，将两根椽分别置于两个夹杆之间，用粗绳连接起来绞牢，椽与夹杆之间空隙太大的话还要用木楔固定，然后往成形的四方槽内填满土，三四个打墙的人跳进去用八字脚慢慢挪步使劲踩踏，踩踏完了每人拿起一把石杵或铁锤子往实里夯，一锤子夯一个窝，一窝挨着一窝，横排四个，差不多就是墙的宽度，铁锤子遗漏的边角旮旯用木榔头捶打。第一层填土作业完毕，再放两根椽上去，直到把六根或八根椽用完。接下来把最下层的两根椽翻到最上层，用绳子、木楔绑缚固定成槽，继续填土夯实。如此反复翻椽，直筑到主人所需要的高度为止。

土墙打成后，质量好不好，实在不实在，最好的检验方法是时间。但现场却有另一套验证方法，那就是用眼睛观察和掌标尺量：一看墙体是否倾斜；二看土墙体两侧像提板一样的椽印是否匀力，棱角是否分明；三看墙与墙的接茬处是否切合。

现如今，人们的生活条件越来越好，农村人盖房子多用混凝土，院墙也都由原来的土墙变成了砖墙，坚硬耐用不怕雨淋，土墙也就慢慢退出了乡村舞台，打土墙这种技术活也逐渐淡出了人们的视野。

乡村集市

记忆中，儿时经常跟着妈妈、姐姐到离家四五里的红河街道赶集。最爱去的是修建得华丽高大的供销社，那里有琳琅满目的好多村子里没有的吃穿用具，有好多的连环画、塑料小手枪，还有最甜的水果糖……

20 世纪 80 年代初，从草滩村里小学毕业的我顺利考到了所在镇子的红河中学。红河是位于甘肃天水和陇南交界处的一座小镇，镇名起因于一条“红河”。当时的房子都是土木结构房，小街在中间低洼处，两边的店铺高高地修筑着，下了雨的路面泥泞湿滑，有点沙土的地方走过去都会踩到很多泥巴。这些年，小镇渐渐地像个少年般成长蜕变，从旧时贫穷落后的乡镇，变成了如今的现代化商城，变化成长为今天的陇上文化名镇；泥泞的小路变成了水泥硬化的现代化公路；简陋的土木房商铺变成了排列齐整的三四层楼店面，商品种类繁多；过去衣衫褴褛的农人现在穿戴整洁时尚。

我喜欢集市！

过年的前几天，妈妈给我几角新纸币，总共不到两元，我和小伙伴们相约着赶到集市上的供销社里，那里最热闹，人山人海。好不容易挨近柜台，心仪的年画早已销售一空，只好买些印帧美观的明信片。每张明信片上面以浮雕的形式压印着不同形态的山水和励志语句，这些精美的明信片我一直收藏到现在。

曾听老人们说，旧时的集市上不光有商品交易，每逢农历节庆时集市还会组织庙会，请民间戏班子在集市上搭台唱戏，表演高台。红河街的高台是天水秦城、礼县一代最有名的，每年正月初八开始，每天都有各种场景的高台：《西游记》里的画面最多，王母献寿、三打白骨精、猪八戒戏嫦娥等，最惊险的是孙悟空偷盗芭蕉扇，孙猴子肩上扛着芭蕉扇，扇子的顶端站着妖精，距离地面有十多米高，看的人个个咂舌惊叹……这时的集会往往是连着好几天，白天赶集、听戏、看高台，晚上看花灯。

而现在，随着外出打工人的增多，乡村集市上已经很少看到年轻人的身影了。大多是中老年人，他们在集市上做一些简单的买卖，更多的商品，则来自从城里赶到乡村集市上的小贩。旧时虽有“千里不贩青”之说，但他们仍然有人能从很远的地方贩来鱼肉、蔬菜，水果更是不远千里，经过包装之后从南方各种产地运来。在经过了一路风霜的奔波，若干天后，那水果摆在车上依然新鲜。

在乡村，人们把集市看得很重。在乡村里居住，没有超市可以，但是如果没有集市，这个乡村就显得冷清、孤僻。失去了人与人、村与村之间的消息沟通，这个乡村才真的成了一个闭塞的乡村。乡村集市就好比是乡村的血管，而农贸产品就是集市输入输出的血液，新鲜的农副产品需要从这里输送出去，以弥补城市里农副产品的不足；城里的电动车、孩子们的电动玩具，先进的农用机具，时尚的各年龄段的服装，也要这样从城市里运输进来，走向山区那一个个偏僻的村壤里。集市是属于山区的乡村的，它能够延续到现在，无论是现在还是将来，一定有它存在的价值。

我有一些朋友和文友，每次回家都选在家乡红河的集市那天，一是回家帮着做些农活，二是顺便赶一趟大集，于是那一路的所见所闻，便被拿回来当作了话题。我听了也觉欣慰，仿佛与我有关似的。我承认，我是一个深有故乡情结的人，对于远离故乡的游子来说，面对渐行渐远的村庄，很难不会生出愈聚愈浓的乡愁。他们对故乡的唯一记忆，就是能够从故乡热闹的集市上，捡拾起童年零落的记忆，感受家乡熟悉的气息，尽管这故乡，可能是个贫困、凋敝而又缺乏诗意的僻壤。

令我高兴的是，我的故乡红河，已经脱贫并步入小康，走向繁荣和壮丽了。

小池塘

在我童年的记忆里，故乡给我印象最深的是与我息息相关的一方滩水——池塘。

童年的记忆里有不断成长的故事，故事里有风雨，有歌吟，还有渐渐滋生的想法。多年以后，回眸去看，那样的风雨根本不值一提，那样的歌吟根本感动不了谁，只有一些想法，在朦朦胧胧的岁月中时隐时现，引领着一个人渐次长大。

我的小学位于邻村，离家两三里地，每次上学时，都要路过村口的池塘——以我那时的眼光来看，它就是一处极为开阔的地方。一座四季澄澈的天然池塘，如拉长的一弯新月（我将其唤作“月牙池”），颇有江南水乡的韵味。月牙池又名“暖水池”，因为即便到了一年最冷的季节，清凌凌的水面依然很少结冰。

小时候最喜欢在村口暖水池边玩耍，河两岸水草丰茂，遍植树木。每到夏天，暖水池周围绿荫密布，阵阵轻风在树梢间摇曳出飒飒的响声。对于从小喜欢安静和富于幻想的我来说，这无疑是童年的天堂。在那方充满生机的池塘里，有很小很小的鱼儿，几乎线头一般大小，敏捷而灵活地在水里穿梭，只要把手伸进水里，轻轻一捧，便能掬起数不清的小鱼来。它们在我温热的手掌中左冲右突，仿佛要逃脱这禁锢它们自由的地方，那模样可爱极了。

我常常在暖水池边逗留半日，看小鱼儿在水中嬉戏，看水鸭和蜻蜓在水面上飞舞。有时累了，找一处干净的地方休憩。头顶的蓝天上，一片云像马，在扬鬃奔跑；一片云像兔子，警惕地望着远方；更多的云，如我一般自由自在，没有目的，没有方向。

有段时间，我在这美丽的暖水边，阅读苏联作家尼·奥斯特洛夫斯基的《钢铁是怎样炼成的》连环画。那本令人沉迷的小人书，是一个好朋友送的。封面和封底早已不知飞向何处，但我仍然爱不释手，书究竟翻了多少遍，我已记不清。我只记得，在那特别的日子里，我一边阅读，一边幻想，思绪飞向保尔和冬妮娅遥远的故乡。那里的每一个人、每一块地方和每一个情节，都能带给我异域的风情和陌生的体验。多少个日夜，我沉浸在这本充满魔力的小人书中不能自拔；多少个日夜，我魂不守舍、死缠硬磨地和那个可爱的保尔生活在一起，与他同吃、同住，一同欢乐一同忧伤。书中有关描述保尔和初恋情人冬妮娅初次相会的情景，是多么令人难忘的一幕。不得不承认，是他们开启了我人生第一课的一扇门。

暖水池的那一边，有一棵粗粗的、斜卧着的大柳树，要是坐在那结实的、如同臂膀一样伸展的树杈上，肯定是蛮有诗意的。我在池塘边阅读的时候，总会不由自主地把这方水塘幻想成保尔曾经垂钓的那个宁静的湖泊，而我自己就是保尔，身边的那棵树，自然就是冬妮娅倚坐在树杈上阅读的那棵树了。每当我情不自禁转身去望它的时候，仿佛看见美丽的冬妮娅正坐在那儿朝我微笑。只不过，这个冬妮娅的模样，完全幻化成了那个喜欢和我说话的同班小女孩儿……

于是，我就在那里，憧憬起我的未来。那时，我还不知道我的未来是什么样子，我只知道这一方池塘孕育了我美丽的故事和梦想，让我从此萌生了对文学、艺术和生活的强烈渴望。

也许，任何一个欢乐时刻里，深藏着不能忘记的痛苦和忧伤。

一个阳光明媚、神清气爽的早晨，树上黄鹏清脆的叫声，把我从梦中惊醒。由于夜里下了一场暴雨，天气显得异常晴朗。

吃过早餐，我背上书包，带上清洗得干干净净、特意为捉鱼儿准备的小玻璃瓶出了门。那天，我穿了妈妈夜里才给我做好的一双千层底黑条绒鞋，脚步轻盈地走在去往小学堂的路上。山里的空气像是被过滤了一般，清新得令人沉醉；河边的杨树和柳树硕大无朋的树冠，被雨水清洗得满眼翠绿；漫山遍野的山菊，雪白的、粉色的、淡紫的、雪青的，在初升的太阳下，像少女一般绽放出美丽的笑脸。我的心情畅快极了，就像这清晨的阳光，就像这瓦蓝的天空。

我像往常一样走到暖水池前时，瞬间惊呆了，我的月牙池只剩下池底一点点混浊的污水，那一泓纯净翠绿的清水消失得无影无踪，我的头脑里，霎时响起昨天晚上令人恐惧的闪电和雷鸣，是它们带来的特大暴雨造成的山洪，让河水改了道。原本清澈如镜的池塘被猛兽一般的洪水席卷而来的泥沙冲走了。那一刻，我的眼泪哗啦啦往下淌，我无法控制它们。在那儿，就在那儿，我不顾一切地失声痛哭起来。就在我伤心痛哭的那一刻，突然发现在早已被泥沙冲过的、浑水淌过的池塘边上的一个小角落里，有一条奄奄一息的小鱼正无助地张着嘴，缓缓地摆动着身子。我未加思索，不顾一切地朝那小鱼奔了过去。那一刻，我完全没有意识到，我是奔跑在极其危险的、可能随时深陷下去的淤泥上面，当然更没有意识到，妈妈才做的千层底新鞋，会在这样的淤泥里变得面目全非。

可怜的小鱼得救了。我几乎是屏着呼吸，将它装进了我随身带来的小玻璃瓶里。然后，三步并作两步，跑到旁边的一汪清泉边，给玻璃瓶中灌上了清水。

看着在小瓶里贪婪呼吸的小鱼儿，我不禁在想：洪水到来的时候，那成千上万的小鱼们上哪里去了？它们是被洪水冲出了池塘，还是被深深埋在了这沉重得令人窒息的淤泥下面？我真的不愿再往下想，可是我的心却又无法让我不去想，眼泪又一次涌满了眼眶。我捧着手里的小水瓶，像是捧着我生命中最深情的牵挂，久久放不下。我第一次感到，在这世上，我是那样的孤单，孤单得就像这小水瓶里唯一幸存的、永远失去了兄弟姐妹的小鱼。

整整一个上午，坐在教室里心不在焉的我，被埋没在一片充满忧伤的灰暗之中——尽管外面的天是那样的碧蓝，阳光是那样的灿烂。

我的暖水池塘，我那无限可爱的草滩，一夜之间消失了。不夸张地说，随着池塘的消失，我童年里小小的秘密，秘密里藏着的幸福与甜蜜也仿佛被一同埋葬了。这曾给我带来无限欢乐和幸福的地方，也给我带来了无法磨灭的悲伤。

如今，我一年中回村庄的次数不多，但村口的老杏树，美丽的小池塘，清澈的秦皇湖，高耸入云的天台山，村里辛勤的父辈们，经常出现在我的梦境中，刻在我的胸口上，这份温暖而浓烈的乡情将伴我一生。

年　味

记忆中，童年生活年味最浓的正月令人难忘。在正月的时光里，人们似乎刻意忘记了平日的生活忙碌，有点放纵似的尽情享受着过年所带来的欢庆气氛。人们刻意凑到有热闹的地方打发时光，即使日子过得再紧巴的人家，也总是想尽各种办法，变着花样改善着每天的饭食。人们仿佛要趁着这过年时的喜悦心情，告别往日里所有的辛苦，品尝所有美味与幸福，以补偿往日节衣缩食对自己的亏欠，或消散岁月中的苦难与艰辛。

中国的年俗文化很能反映祖先们的智慧，正月里从初一到十五，几乎天天都是节日，初一的迎喜神，初二的迎婚日，初三的接神日，初五的财神节，初六的大年节，初七的情人节，初八的顺星节，初九的天公节，等等。如果说除夕夜是以家庭为核心的年俗活动，元宵节则更多是社会性的年节活动，乡亲们穿戴一新，或猜灯谜，或看大戏，或观社火，一向安静的村里村外，房前屋后，立马就变得热闹起来，就连平日里很少有人光顾的僻静的小庙也人声鼎沸。最开心的要数我们这些孩子了，在五颜六色的火花灯光下，我们无拘无束地穿梭在人潮之中大呼小叫，追逐嬉闹。

正月里也是人们串亲访友的好时节，家家户户都准备好了所能拿出的最好吃食，专门等待着客人们的到来。

在正月里，几乎从早到晚，家里总有接待不完的客人，姑姑、姨姨和舅舅们来了自然十分的亲热和欢喜。但有些客人却十分面生，甚至不知道该如何称呼，在妈妈的引导下，我们怯生生地走上前去，叫一声表叔或表姨之类的称呼后，就远远地躲开，自顾去玩了。

即使正月二十三过后，村子里仍然到处弥漫着浓浓的年味，走亲戚的大姑娘和小媳妇们，穿得花花绿绿，头发扎着彩色飘带，脸上还会破例施点粉，显得分外俊俏，惹得小伙子们一边偷偷地斜眼瞥着，一边交头接耳地议论着，直到大姑娘和小媳妇们低着头走远了，才哈哈笑着四散而去。很多人家也很喜欢凑在这个时候结婚办喜事，村里会时不时地响起一阵阵迎亲或送亲时的鞭炮声，或者不时有迎亲或送亲的队伍喜气洋洋地吹奏着唢呐，步伐轻快地从家门口走过，这更增加了农村人过年的喜庆气氛，也在不断点燃着人们内心对未来的希望。

大约要到二月二龙抬头过后，年味才会不太情愿地慢慢淡去。

这时，村里那些热闹的人影和声音也慢慢淡了下来，在田野里会有农人为春耕而渐渐忙碌起来，那些休息了一个冬天的驴、马、牛也陆续上了山坡，走进田地，小庙又恢复了往日的冷清，生活也似一下子由亮丽的彩色照片返回到了平淡的黑白照片。孩子们也不得不换上原来的旧衣服，不太情愿地看着妈妈把刚刚脱下的新衣叠好放入柜子，心中总会有些怅然若失。而且，马上就要开学了，又要在老师严厉的目光下规规矩矩过日子了，心中更是增添了几分烦恼，过年时挂在脸上的笑容也褪去了不少。

不过，要不了多少日子，人们在日复一日平淡的岁月中，又开始了对下一次过年时的美好憧憬。许多人家又捉来了猪仔开始喂养，也开始一点点地积攒食用油之类的稀罕物品，妈妈又开始费心熬夜地制衣纳鞋为下次过年做着精心的准备。我们这些孩子也饶有兴趣地预测着下一年的压岁钱，并不时在妈妈耳畔唠叨着下一年想要的新鞋和新衣……

现在回想起来，在儿时的岁月中，正月里总是有说不尽的年味，即使在正月过后会有短暂的失落，但新的希望很快又会在心里升起，梦中总会不断演绎着一次又一次过年时欢乐幸福的场景……

春 节

小时候盼着过年，盼着盼着，就盼来了腊八，我欢快的脚底像安了弹簧，感觉只要蹦一下，就能蹦到新年的怀里了。

腊月初八，哥哥天不亮就要去村后溜山坡底下的吊梯泉挑水，挑水不叫挑水，叫作抢头水，外婆说，头水抢得越早，来年的日子就越好。外婆还让哥哥在挑水时先焚上一炷香，在水泉边铲挖几块冰凌，说是腊疙瘩。腊疙瘩具体代表什么，外婆也说不清楚，但我感觉哥哥铲回来的冰凌，就是银子，就是玉石。外婆把腊疙瘩放到上房屋里的八仙桌子下面，在厨房锅灶前也放一块，家里就有了神秘的贵气。冬天取暖只在上房屋生煤炉，厨房里的酸菜缸都冻得很结实，外婆和妈妈在冰冷的厨房把大肉、豆腐、胡萝卜、土豆切成丁，炉灶里火苗子舔着锅底，忽而干柴和烈火发出爆豆子一样的欢呼，外婆和妈妈一起赶着做饭。外婆生火，妈妈往锅里多倒了一些油，滋啦一声响，各种菜倒进锅里，妈妈指挥着炒勺，待菜出锅，倒清水下面片，再把炒好的菜调到面片里，这一锅色香味俱佳的饭，叫作糊涂饭。妈妈说，吃了糊涂饭啥也不计较了，有啥没啥一样过年。按照规程，糊涂饭要剩一些，来年就有剩余的粮食了。

腊八过了，我们围着鞋儿破，帽儿破，面袋子瘪瘪地搭在肩上的春倌，听他们唱着“掌柜子（当家的）穿的背心子，银圆票儿压箱子，明里去来暗里来，斗大的金子滚进来，春倌来了门大开，一股银水淌进来”。我们家迎接了四五张春倌送来的春帖的时候，妈妈取回来一张张放在上屋八仙桌上，过几天就会慢慢烧化掉，口里还一边絮絮叨叨着什么。二哥拿着一摞书，有小人书、旧杂志，还有我们旧年的课本要去换鞭炮，我追着二哥要下了那些小人书，其实那些边边角角都磨破损的书，我已经看了无数遍了，但我还把它们当宝贝。我跟着姐姐、二哥去四五里外的红河街道去换鞭炮时，红河街周围四里八乡的赶集人早已到齐了，人挤人，背篓挨着背篓，脚跟踩着脚面，挤来挤去，我就和二哥走散了。我一个人挤到百货商店里的玻璃柜面前，立在花花绿绿的糖果前，瞅着糖果，嘴里不知不觉就汪了口水。那时，我还不知道有一个词语叫“馋涎欲滴”，我悄悄咽下口水，从玻璃柜面前转来转去，又看到货架上有儿童玩的塑料手枪、彩色的纸风车，那些东西太好看了，可是我冻伤的脚又开始奇痒难忍了，我从玻璃柜跟前挤出来，我太小了，被人群捂得暗无天日，我从大人的胳膊底下冲出一条暗道，挤出了百货商店。商店大门口摆年画的摊子把路占了个满满当当，我挤不到马路上去了，只能看年画，大胖娃娃抱一条和他一样大的金鱼，福娃娃每人手里拿一个大金元宝，还有电影明星的年画，我被那种四大张就是完整的一部电影的年画吸引，我爬在年画上，一张张看着，完全忘记了这是年集，卖画人不耐烦了，吼着："要买就买，不买就走。"我愤怒地看着那个穿着臃肿的棉衣、双手筒在袖子里，脸上沟沟壑壑都是苦难的摊主，我说，你的画挡了路，我咋走？那人卷起他的画儿，让了一条窄道儿，赶瘟神一样让我尽快离开。卖鞭炮的摊子一个连着一个，灰压压一片，好像所有的人都被集合到了集市上。我逗留在了卖窗花的地摊前，天太冷了，卖窗花的妇女们头上裹着各色的头巾，揭窗花的手红肿着，一对窗花两分钱，一角钱能买五对。挤了一天，集市快散了，我才恋恋不舍地回了家。

一到腊月，妈妈就盘算着给我们姊妹们在仅有的一点布票里购买布料，常常整夜整夜地在缝纫机上缝新衣服。妈妈是缝衣服的一把好手，四周邻居都要拿来让妈妈做，也顺便给我们家换回一点烧饭的柴火和烧炕用的牲畜干粪。我掰着手指头数了又数，还差十几天就过年了，担心着妈妈能不能在腊月三十把新衣服做好。我和大哥用架子车拉着几大口袋小麦粒去红河街道磨面，雪纷纷扬扬地飘着，磨坊里奔忙着我和大哥的身影，我俩头上、眉毛上落了白白的一层面粉。我笑盈盈地用小手接着天上的雪花，白面、白雪都让我心里无比快乐。磨完面，回到家，我们兄弟俩又挑着一担黄豆，到村后坡顶上住得最高的李家做豆腐。炕上坐着村里来排队磨黄豆做豆腐的几个年长者，另外一间做豆腐的厨房里不时飘来热豆腐的清香味儿，我就向豆腐坊跑去了，去晚了，李爸铲的豆腐瓜瓜就抢没了。家里也每年喂一头猪，猪吃糠咽菜养着，到了腊月，妈妈给猪吃一些精饲料，好让猪贴一点膘，我们就能过一个油汤油水的年。到了杀猪的日子，外婆和妈妈看着众人把猪抬走，外婆的眼睛红了，只有喂养着猪的女主人知道，猪只要听见女主人的脚步走近了，那哼哼声就明显地变了调儿，猪给它的主人撒娇哩，撒欢哩，撒赖哩，可是，喂着喂着，年关到了，猪有猪的使命，它只能给年添加幸福，它的命闯不过年这个关。俗话说："腊月里的三啰唆，杀猪扫煤蒸馍馍。"猪杀了，妈妈想给没有杀年猪的亲戚邻居送点肉，但我们家的年猪也就百八十斤，她只好狠着心不送了，但见了亲戚邻居却心虚，好像做错了啥事儿。只要哪一年的猪长得好，能多杀点肉，外婆和妈妈一定会送出去一些的。切臊子、切肉片、炼臊子、熬猪油这些活做完了，妈妈的腰累得直不起来，这百八十斤的猪肉，妈妈精打细算着要一家人吃一年哩。

我家那时候清扫每个房间的蛛网灰尘真是要大动干戈，上房三间正屋和偏房两间都是纸糊的顶棚，先前用报纸，后来就用白纸糊得亮亮堂堂，木格窗户用薄薄的透亮的专门糊窗子的纸糊好了，花花绿绿的窗花贴上去，家里尽显新气象。一间土木结构厨房，一年里火烧火燎，柴烟灰尘，不知道外婆和妈妈的肺里吸进了多少烟尘，而吸附在屋顶上、土墙上的吊吊灰成串成串地扫下来，所谓人间烟火气，就是灰飞了烟灭了，灰尘还真实地存在着，扫去旧年的灰尘就是给新的烟火一个明亮的交代。泡菜坛坛、猪油缸缸、清油壶壶，各种灶具器皿都在腊月里清洗了一遍。整个村庄沉浸在莫名其妙的亢奋中，村子里早有人敲锣打鼓了，妈妈说，这锣鼓声就是暖年哩。邻居秀儿家有专门为过年煮肉蒸馍盘的大灶头，妈妈总是借着秀儿家的大灶，和秀儿妈在同一天做蒸馍。妈妈早早准备了两大盆子的面，一盆白面，一盆玉米面，蒸一大竹篮子的白面馍，再蒸一小篮子玉米面馍，妈妈和秀儿妈从早上忙到吃晚饭的时候，那些棉花一样软和好吃的蒸馍就做好了。

腊月二十三，外婆和妈妈忙着烙灶饼，平年就烙十二个，闰年就烙十三个，大哥从集市上早早买来灶糖，纸香炮烛，吃过晚饭，妈妈把厨房打扫得干干净净的，就给灶爷供糖供饼，点蜡上香烧纸，嘴里念叨着年年要念一遍的话，请求灶爷爷灶奶奶带上干粮上天言好事，下凡降吉祥。接下来的几天，乖巧的姐姐跟着外婆和妈妈做肉加沙、油炸丸子，炸夹沙丸子的油是煮过肉的水油，丸子放进烧热的油里尽起油沫，也不上色，稍微不留神油就溢出锅了，可是，妈妈总是舍不得用清油炸肉丸子，她说年好过，日子难熬，过日子要的是细水长流。

村里一个叫“蒜园子”的果树园里安放着一个“石碴窝”，到了腊月，村人就排着队舂小麦，舂就是把小麦皮去掉，用去掉皮的小麦熬煮、发酵后做甜醅，甜醅是正月拜年时招待亲戚客人的土酒。那个石碓太重了，我抱都抱不起来，舂麦子的人喘着粗气，头上冒着热气，天寒地冻的日子，在眼前晃动的年让村庄热气腾腾。一晃就到了年三十，邻居家把平日里借着用过的工具（大到桌子梯子，小到针头线脑）都各自归还了，借了别人的钱还不起的，也必须在年三十给债主打声招呼，钱可以暂时不还，账不能不认。

除夕的年夜饭要早早敬天地敬祖先，抢头香，谁家的饭做熟得早，谁家敬天地的鞭炮先响起来，谁家都会暗自得意一阵子。那时候的年夜饭我家不包饺子，母亲会做几碟凉菜、几碟热菜，再做臊子面，臊子面捞在精致的汤碗里，用筷子挑起几根面条搭在碗中间，给老天爷、灶爷、祖先各敬献两碗，点蜡、焚香、烧纸、鸣炮，等蜡烛燃到一半，我们就磕头，把献饭里的汤往地上洒一点，外婆和妈妈说是奠饭哩，大人们说给神仙奠过的饭吃了能长个子，我们就都抢着吃献饭。

除夕的夜里要守岁，那时没有电视，更不知道春晚，可是，守岁一定要守到夜里十二点敬了神放了鞭炮才能睡觉，父亲就给我们讲故事，我们正听得高兴，听见了妈妈均匀的轻微鼾声，累极的妈妈睡着了。夜里十二点，第一家燃放的鞭炮惊醒了妈妈，妈妈跳下炕就洗手焚烧纸钱敬神，鞭炮声此起彼伏，那时，大家都没有多余的钱买烟花，除了燃放鞭炮，就放一个个大炮，还有钻天哨。我们家的大鞭炮是我哥用旧书换来的，只有四十根，哥说要省着放，却在除夕夜没有忍住，放了二十个。我抢着放父亲买的十几个钻天哨的时候，姐姐已经把她的新衣裳整整齐齐地放在了枕头前。娇小的姐姐瞅着宽大的新衣裳，不是很满意，可妈妈说，衣裳要做宽展，我们正长个子，做小了就穿破了。其实，一年也就一两套衣裳替换着穿，到了第二年肯定就穿破了，可是，我们的新衣裳都宽宽大大的，给还没有长出来的丰腴和没来得及长出的个子留着余地。

正月初一，我们兄妹几个先给祖先焚香磕头，再给奶奶、外婆、父母磕头拜年，妈妈给我们每人五角钱的压岁钱。正月初二，哥哥就领着我去给二十里外的姑姑家拜年，翻过两座大山，走过长长的山路才到。姑姑家早就做好了饭菜等我们，姑姑手巧，人又长得好看，只可惜缠了三寸大的小脚，穿大襟衣裳，那时的姑姑还不到五十岁，却让我感觉到了暮气沉沉。在姑姑家吃了饭菜，我们就返回了自己家。正月初三正式拜年，父亲朋友多，步行几十里的山路都要去拜年，我和哥哥提着一包点心、一瓶橘子罐头去给邻村上草滩的几个亲戚拜年。

正月初五，妈妈用平日里装馍馍的一个木盘子端上香蜡裱纸鞭炮，妈妈说是送五穷。每年送五穷的方位都不一样，燃放了鞭炮，五穷都送走了，来年，富裕的日子就开始了。初六年就拜完了，开始准备耍社火。我们村上有顺口溜："耍龙灯，耍狮子，扭秧歌，唱秧歌，大小秧歌全靠人。"村子本来不大，人口少，全村里大人娃娃都参加耍社火，阵容很是壮观。社火头儿把家家收的份子钱采办了各色纸张，统一在打麦场里糊灯笼、造纸花、练社火曲儿。邻居李伯是唱社火曲儿的把式，他有副好嗓子，有惊人的记忆力，还能即兴编唱。正月初十左右，社火就准备好了，秧歌队的十字步走整齐了，社火曲儿也唱会了。旱船糊好了，掌灯上的花儿早已迷醉了造花的人，所有花儿同一时间在灯笼上沸腾，那些平日里灰头土脸的家庭主妇扎扎实实追求了一回美丽。手提灯笼有鱼儿灯、莲花灯、十二生肖灯，也不知道谁的手那么巧，人间万象都成了手中的花灯，仿佛五谷丰登，风调雨顺，一切尽在掌控之中。姐姐稍稍打扮一下，就像一个洋娃娃，提着她的金鱼灯认真去彩排，还把社火头儿发给她的洋糖留给我吃。正月十二的晚上，锣鼓喧天，灯笼的长龙开始万庄了（在村子周围和家家户户转一圈），远远看着似满天的星星落在人间一样灿烂，整个村庄没有星星似的灯笼照不到的地方，万庄万庄，万一个丰收年景，万一个衣食无忧的未来。正月十五，四五里外的红河街道上人山人海，街道周围四里八乡的社火大会演，还有红河街道的“高台”社火是天水、礼县周围几个县最有名气的。哥哥、弟弟和我简单吃点早饭就步行到街道上的乡政府门前。不大一会儿，人群就把我们挤到最最前面，维持秩序的人挥着红旗子打场子，红旗子在我们的头顶忽上忽下，躲避不及时就会挨打。我们被后面的人群推过来，被拿红旗子的人搡过去，心里却很高兴，观看着龙腾虎啸、二龙戏珠、狮子滚绣球，红河街道的高台社火，把《西游记》中的人物扮演得栩栩如生，精彩纷呈。终于看到社火表演了，几百人的秧歌队扭过来了，成千上万朵花儿在几百只灯笼上弹跳着，红河街上有名的唱腔赵队长头上裹一条白毛巾，手里拿着铃铛敲着节拍唱得好卖力，扮旱船媳妇的大姐姐在彩船里踩着小碎步儿装作风浪吹打着船儿，船儿在颠簸，船儿在摇晃，划船的老汉吹着白胡子装作和风浪搏斗，问着姑娘要到哪里去。摘葡萄的道具树是一棵大松树，树上浸了硫黄在夜里点起来，就好像一串串的葡萄往地下掉一样，可好看了。摘葡萄的姑娘瘦高个儿，背影儿尤其漂亮，她踩在凳子上做着摘葡萄的样子，水红的衫子随着舞蹈的动作起起伏伏，好一个“垂杨袅袅腰肢软……”街道两边商铺里迎接社火的鞭炮、礼炮一浪接着一浪地鸣放着，乡政府门前看社火的人群几番潮起潮落，疏散开了。

元宵夜，照例看花灯、猜灯谜，妈妈还会煮了汤圆分给我们吃，一人两个，因为只有两个，所以吃汤圆就感觉无比幸福。

正月十六游百病，大人们先到家神庙、山神庙上个香，然后大人小孩一起慢慢盘上村后山顶的天台山敬天敬地，然后顺着弯弯曲曲的盘山小道慢慢回家，或者走个亲戚，百病全消，年就过完了，小孩子该是盼着下一个新年了。

过年过年，孩子过成了大人，每逢新年和旧年握手交替时，我便愁眉不展了，年关年关，对于小孩子是年，对于大人就是关。我回忆中的文字，对于我们的儿女只是一个故事，对于我就是心口的朱砂痣。此刻，是 2022 年正月初二，我看着一家老小高高兴兴吃着自做的可口饭菜，小酌两杯白酒，幸福满满。

长寿的外婆

外婆去世已经十多年了。她的一生，充满了坎坷，经历众多曲折磨难，曾经为了度过饥荒，啃过树皮、吃过草根。外婆去世时八十五岁，是故乡农村有史以来最长寿的人之一。细细想来，外婆有独特的长寿之道。

外婆就生了妈妈一个女儿，外爷去世得早，她跟着出嫁的妈妈从宽川乡的康集寨村来到父亲居住的红河乡草滩村，一住就是四十多年。

外婆勤劳善良，贤惠温良，是我们老家四里乡村有名的“贤惠人”。妈妈生养了我们兄弟姊妹几个，虽然我们的人生之路走得曲折，但正直无私、光明磊落，这都得益于外婆对我们从小到大的谆谆教导，循循善诱。

外婆从不闲着，喜欢干活。她自身经历过太多磨难，所以在教育我们时，“勤奋”是第一条家规。外婆常说：“孝道为先，勤俭持家！”

我们几个外孙通过外婆的言传身教，都靠自己的双手闯出了不一样的天地。有的当了人民教师，培养了无数优秀的学子，真可谓“桃李满天下”；有的从事行政工作，克己奉公，兢兢业业；有的从事金融工作，成为出色的经济金融学家。

1984 年，我离家到三十多里路的草坝信用社工作，偶尔回家，都是与外婆住一个炕头。外婆从小养成了早睡早起的习惯，她每天早早起床，先是打扫院内院外，然后在爷爷留下来的一个火盆里生火，煮熬罐罐茶。当时我不到二十岁，早晨爱睡懒觉，外婆也从不催我早起，她总是说：“在单位把我外孙子累得过火了，回家好好睡一觉吧！”

外婆七十多岁了，每天还在尽心尽力地“照料”一群鸡和一头小猪，早晚给鸡喂食，清点数字，捡拾鸡蛋；在屋院周围的田地里铲野菜、割猪草，喂养鸡、猪，都是她一人完成。

在新院子独居，鸡和猪就是外婆每天生活的信念。除了养鸡、喂猪外，外婆根据不同季节，还种花和一些蔬菜，大葱、大蒜、韭菜、胡萝卜、菠菜、香菜等。每次从单位回家，我最盼望吃的就是外婆用自己种的蔬菜做的可口饭菜，特别是鸡蛋饭，每次回家，外婆变着花样做，野菜炒鸡蛋、煎鸡蛋、荷包蛋、烩菜鸡蛋，那种独有的农家饭香味，至今想起来就流口水。由于种的菜太多自家吃不完，外婆就送给四邻，甚至捎给外村的亲戚朋友。

外婆常说，“只有自己种植的蔬菜，通过家畜家禽产的肥料浇灌，才是真正的天然、绿色食品。每次去城里吃的菜，感觉都有股异味”。（大哥自从调到县城后，经常接外婆去小住）这也是外婆不喜欢去县城里的一个原因。

我们几个外孙子相继外出工作后，她独居在新修的房屋院子里十多年，一人一屋，坚守着祖辈们的根基。外婆有信仰，面对一次次磨难，嘴边挂着的口头禅就是：“怕啥子嘛，人在做，天在看，该走的强求不得，不该走的自然不会走，万事看开！人生在世，活的就是一个坦白透明，问心无愧！”

每一次遭受磨难，外婆是最痛苦的，但她性格开朗，总是有一副豁达的心态，顺其自然。不是说她狠心，而是她人生信条上写着“要为活着的人努力活下去！”外婆也常常开玩笑地和我们这些后辈们说，“老了讨人嫌”，“眼不见心不烦”，“我看得很明白，我就自己生活，挺好，不需要你们操心”。

我们后辈们也算孝顺，三代下来，家族人口比较多了，每次逢年过节回家近二十人，热热闹闹，也乱哄哄的。外婆语气就有些严肃：“狗娃（对我们孙子一辈的称呼），见着村里人，一定要有礼貌，能帮村里人的就尽量帮一点！”过完节日，临出门我们大家都要去单位上班时，外婆又叮咛：“公家的便宜千万别占，该自己拿的就拿，不该拿的一分钱也别拿。”“多吃亏，少占便宜！”“哪一个人没有三灾八难，要忍，要扛，忍得住艰难，扛得住磨难，心里无愧，人才能够活得自在。”虽然外婆已到五世同堂，重孙绕膝的时候，但她从来不强求后代们为她做什么。她不需要虚伪的问候，也不需要强求的生活。生活中，一切讲究顺其自然就好。正是因为她的随意随和好心态，养成了她别样的生活方式。

外婆饮食清淡，有自己的养生之道，她特注意饮食。故乡山里的泉水，清澈透明，甘甜可口，我每次回去都喜欢舀一瓢大口畅饮，但外婆从来都不喝凉水，她喝水吃饭都是细嚼慢咽。外婆的人生信条是“心急吃不了热豆腐”，只有慢慢来，才能享受生活的乐趣。

外婆的一日三餐都比较慢，吃饭前先安静地坐五分钟，让自己平静后才开始吃。而每口饭菜在嘴里均为细嚼慢咽，要咀嚼到糊状，要慢咽到停顿。中途喝半杯温水，吃完饭后再喝半杯温水。外婆常说，“吃饭不是单纯地吃饭，而是一种生活的享受”。“你怎么对待饭菜，饭菜就怎么对待你。”

外婆爱闲逛，爱活动。生活方面，外婆把时间安排得满满当当，“照顾”一群鸡、一头小猪，种菜养花，一日三餐亲手做饭是日常。这三个日常就占据了大多时间，但外婆在上午和傍晚时，还是要挤出时间去房前屋后的菜地里逛，顺手摘点野菜，每次估摸就二十分钟左右，也不定时，随长随短。偶尔也在邻居家串门聊天，然后慢悠悠返回家中。

村里邻居有人问外婆，您为啥老爱在菜地里闲逛？外婆回答：“人活着，就是这样逛一逛停一停，人世间的柴米油盐酱醋茶，就是这样逛出来的。”

外婆在生命的最后，安详离世，她的人生已经没有什么遗憾。

愿外婆在天堂一切安好。

邻居三爷101岁

前年回农村老家，我特意买了两条兰州烟、两瓶酒去看望邻居三爷，他已经101岁了。

三爷在他家新修的房檐下的躺椅上躺着，微胖的身躯，面色红润，抽着一根烟，和前几年见面时一样，悠闲自在。三爷看见我，还是露出那一副笑容，眼睛眯成一条缝："平儿回来了，每次回来都要看我啊！"

与前几年不一样的是三爷耳朵有点背，别人说话要稍微大声一点。三爷和我聊了好久，我发现他思路清晰，了解党和国家大事，他还说："党的脱贫攻坚政策好，这是我们农人盼望了多少年的大好事。"说话间，三爷的手机响了，是他的重孙女打来的。三爷顺手拿起身旁小凳上的手机，熟练地摁了一下，电话通了，重孙女说想念太爷爷了，给太爷爷邮寄了一点江苏的上好茶叶。三爷说，前两年有个三孙子在外面打工，因盗窃犯了法，被公安局抓去判了五年。我问，您老人家不犯愁吗？三爷说，那是他自作自受，我有啥愁的？早年一直教育他要好好学一门手艺，他偏不学，罪有应得！

三爷一辈子生活习惯好，每天早晨7点钟准时起床，来到家里的客厅做做运动，比如深蹲，扭腰，跨步走。然后才洗脸刷牙，到自来水龙头前接一壶水，慢慢烧开，等到开水冒一会儿热气，才倒一杯，待变成温水，一饮而尽。他说，水是万病之药，多饮水有利于健康，有利于清肠道和提高肺活量，是一种利于健康的做法。

三爷每天的早饭就是熬茶吃主食、吃一点蔬菜。他早上自己熬茶喝，这个时候总要求家人煮一个鸡蛋和一盘青菜，再做点可口的蛋糕或白面饼子。三爷早上熬茶喝很是悠闲、缓慢，经常需要一个多小时，慢慢喝，慢慢品，这可能是三爷一天最开心最享受的时候吧。吃过早饭以后，不论春夏秋冬，他都会戴着一个帽子，然后手持拐杖，走到村里老人聚集的地方，下象棋或者掀老牛九牌。有时候反应慢，走一步棋考虑得太久，村里的老人就会讥笑他，说他这个老寿星下棋不如走路快。但是三爷心情开朗，不会因为别人嘲讽而生气，反而笑着反驳别人对他的恶语相加。三爷从来不会跟别人发脾气，真正感到开心的时候，他还会不分场合的哈哈大笑。俗话说气大伤身，他不生气，因此身体就少了一份伤害。

三爷在村里转悠到下午四点钟左右才回家，到家后看电视，等着重孙媳妇给他煮饭吃。三爷不吃午饭，但按时吃晚饭。还必须有酒，15—18 度的玉米酒，每天吃晚餐都必须喝两小杯，大概有二两左右。他晚饭很少吃米饭，喜欢吃杂粮，荞麦面、玉米面是他的最爱，猪蹄、红烧肉块是三爷百吃不厌的荤菜。他年轻时特爱吃肉，尤其是农忙时节，出大力的时候，他说这时候靠面食已经抵不住了，吃了肉才有力气干活。三爷也喜欢吃素菜，但就是随着季节的几样新鲜蔬菜。总之来来回回都是爱吃的那几样菜，就算家人煮再多的菜放在他面前，他也不吃。病从口入，他知道自己身体适合吃什么，不该吃什么，所以健康。

晚饭后，三爷会去村里的小商店跟村里的老人聚在一起看电视，边看电视边评价剧情，相互讨论。到了晚上九点钟才回家，让家人烧热水，然后把热水放到脸盆里，他给自己搓澡。三爷一年四季搓澡仅用一盆温水，一条毛巾，少量的香皂，从来不会用凉水直接冲洗。

三爷爱劳动爱干活。三爷一辈子就爱下地干农活，农闲时就背着手牵着牛去山坡边的草地上放，他这代人视土地为命根子，最爱说的就是："千难万难，有了土地啥也不难。"一天不下地，他就感觉浑身不舒服。有次他得了重感冒，在炕上躺了几天不见好，后来他颤颤悠悠穿好衣服，费力拿起锄头就往自家庄稼地里走去。看见地里的杂草，他弯腰用力锄着，干了大半天，出了一身透汗，病也好了大半。从此以后有了经验，有个头疼感冒他就下地干活，一出汗就好。

三爷爱动脑爱睡觉。只要不是遇到下雨天，他都会去跟村里的老人下棋、打麻将或者交流，这些娱乐方式都是要动脑筋思考的，所以他的脑子每天都能得到适当的锻炼。三爷晚上 10 点钟之前休息，第二天早上 7 点钟起床，计算下来有 9 个小时的睡眠时间。

三爷爱喝点小酒，他几十年都这样。在集市上见到老朋友，两人随便找个小吃摊，要两个小菜，边喝小酒边聊起当年的庄稼收成。他从来没喝多过，都是浅尝辄止。庄稼人最大的幸福就是劳累了一天，回到家里吃个热乎饭，再喝上二两烧酒，随着“吱”的一声，一口酒就顺了下去，感觉喉咙和胃里面一热，浑身血液加快流动，说不出来的痛快。20 世纪五六十年代，那时候农村代销店里卖的散酒，一般都是红薯做的，辛辣，味道不是很好。后来我参加了工作，买了当地特产酒“陇南春”和“金徽大曲”去看望他，他当即打开了一瓶，抿了一口说：“好喝，不辣喉咙！”

三爷从不抽烟，还经常教育家里人不要抽。一次他的小儿子在学校和同学们偷吸烟，被他发现，拿起门后的棍子就教训起来。他常说，烟是害人的，他身边抽烟的老伙计们，没有一个身体好的，天天咳嗽吐痰。他家里也不备烟招待客人，只是在小方桌上放些瓜子、花生、糖果之类的零食。

三爷性格随和，不发火，爱笑，村里大人小孩都喜欢和他在一起聊天、玩耍。家里人也都喜欢他，儿孙都非常孝顺，对他百依百顺，不让他操心，不让他牵挂太多，不惹他发脾气。

以上这些，可能是三爷 101 岁长寿的原因吧！

第三篇

陇上
江南

陇上江南

陇南被誉为“陇上江南”，近年来打出的旅游广告语“早知有陇南，何必下江南”尽人皆知。陇南地处甘肃东南部、秦巴山区，东接陕西，南通四川，扼陕甘川三省要冲，素称“秦陇锁钥，巴蜀咽喉”。千百年来的自然雕琢，使得西北的健朗与巴蜀的灵秀，都蕴含在这片神奇天地间，如果说长长的甘肃形如一柄如意，那么陇南就是镶嵌在如意上的一颗碧绿翡翠，自成一派风流。

处在青藏高原、黄土高原和秦岭山地之间的陇南，每一块地形都充满褶皱，境内高山、深谷、丘陵、盆地依次分布，使得高山与江河行于大地，形成了独具特色的壮美景观。李白在《蜀道难》中所言“青泥何盘盘，百步九折萦岩峦”，讲的就是陇南徽县陈仓道青泥岭，也是古蜀道最奇难艰险的路段之一。

陇南是甘肃唯一属于长江水系并拥有亚热带气候的地区。气候垂直分布，地域差异明显，有水杉、红豆杉等国家一级保护植物和大熊猫、金丝猴等二十多种珍稀动物。陇南还是中国主要中药材和油橄榄产地之一。陇南历史悠久，是秦文化的发祥地，秦第一陵园——秦西垂陵园位于礼县大堡子山。

陇南是我的出生地。童年时候的故乡陇南，山路弯弯，土地贫瘠，驴耕马驮，广种薄收，没有莽莽森林，没有宝藏资源，只有稀疏的树木、浅浅的草场。

我的父亲葬在那里，我的爷爷葬在那里，我的祖父也葬在那里。

我的根留在那里，我的魂留在那里，我所有美好的、不美好的记忆也留在那里。

那里有我的玩伴，我的童真，我的友情；那里有我的笑声，我的泪水，我的苦痛。

绿草茵茵，重峦叠嶂，有我的迷惘，也有我的惆怅；原上青草，葱葱郁郁，有机警觅食的田鼠，也有空中歌唱的百灵；鸿雁南飞，队队行行，有我的思恋，也有我的向往；皑皑雪径，细细长长，有我深深浅浅的脚印，也有母亲深情的呼唤。

陇南四季分明，生机盎然；那里刀耕火种，质朴浑厚。那里是一片贫瘠苍凉的土地，然而它生生不息；那里是一片多灾多难的土地，然而它亘古延绵。

它厚重，它雄浑；它博大，它精深。它有情，它有义；它有爱，它有善。它能曲，它能伸；它能忍辱，它能负重。它有笼盖四野的苍穹，它有横亘延绵的青山，它有山涧村前涓涓的细流，它有点缀田野沟壑的牛马羊群，它有面朝黄土背朝天的父老乡亲。

陇南有官鹅沟。这个位于宕昌的“小九寨沟”，群山错落，绿水环绕，是“陇上江南”的一颗明珠。

陇南有文县天池。群山万壑如同一双双手，托起这面 2400 多平方米高山上的宝镜。天池不仅孕育了无比璀璨的历史人文，还引来大熊猫、金丝猴、羚牛、褐马鸡等珍稀动物在此繁衍栖息，谱写了一曲人与自然的和谐奏鸣曲。

陇南有白龙江。水润万物，泽被四方，白龙江是长江上游的重要支流，是陇南的母亲河，它串联起这座城市的历史、文化、地标和人文，它穿山林、跨峡谷，哺育了一辈又一辈的陇南人。

陇南有秦皇湖。秦皇湖地处天水秦州东南与陇南礼县红河镇交界处，最早建于 1958 年，旧称红河水库，后更名为秦皇湖，是陇南最大的人工湖。秦皇湖周围群山环抱，湖面景色秀丽、流光

溢彩。

陇南有嘉陵江。它自陕西凤县入境，流经两当县和徽县，滋润了山川的花草树木，秋的五彩斑斓在嘉陵江两岸交相辉映。

陇南有哈达铺红军长征纪念馆。哈达铺位于岷山脚下，老一辈无产阶级革命家在这里作出了把长征的落脚点放在陕北的重大决策，为中国革命史写下了光辉的一页。哈达铺红军长征纪念馆筹建于 1978 年，是红军在甘肃省长征途中革命文物陈列最多、原貌保存最完整的一处故址。

陇南有历史悠久的小吃猪油饼、热面皮，有省内外闻名的洋芋搅团。

陇南人淳朴、豁达，陇南人坚毅、勤奋，陇南人耿直、隐忍，陇南人质朴、诚信。

这方水土养育了这方人，以它的五谷番薯；
这方水土塑造了这方人，以它的朔风烈日；
这方水土煎熬了这方人，以它的瘠薄苦寒；
这方水土砥砺了这方人，以它的贫穷困顿；
这方水土教化了这方人，以它的粗犷豪迈。

致敬这片苍凉的土地，我愿把你深深埋在心田里，永远装在脑海里。

致敬真善美的故乡人，我愿在静夜里聆听你的咏叹，在天涯海角等候你的召唤。

古镇红河

2008年，甘肃省人民政府命名红河镇为“文化先进乡”；2009年，中共甘肃省委、甘肃省人民政府命名红河镇为“省级文明乡镇”。

红河镇，位于甘肃省陇南市东北角，与天水市秦州区的杨家寺镇和秦岭乡接壤。

千百年来，由于当地特色历史文化资源得到了较好的传承保护和开发利用，红河镇就一直在世人心目中保持着“文化之乡”的风采和美誉。

不用说五圣宫里祭祀现象令人深思，也不用说大年初一早晨以村为单位，男女老少一齐出动“迎喜神”时赛骡马、赛牛驴的千年习俗能引起人的遐想，仅那只在举办重大节庆活动时的“长鼓”“花棍舞”和“高抬”表演，除了能让你心醉神迷、流连忘返之外，更能让你联想到秦人胜出天下之前筚路蓝缕的铁血岁月，联想到当年浴血疆场的将士们凯旋时热烈喜庆的盛大欢迎场面。

两千多年来悠久厚重的历史文化积淀，为红河镇孕育出了五张闪闪发光的历史文化名片：“一条河”“一座山”“一只簋”“一个人”“一座湖”。

“一条河”：峁水河

峁水河由两条河流汇聚而成，一条是发源于礼县、甘谷、秦州区交界处“三县梁”脚下的芦子滩，自北向南流经秦州区杨家寺镇和礼县红河镇的红杨河，当地人称其为大河；一条是发源于礼县固城乡尖山子，自西向东流经红河镇的上杨家、上吕家和花石村的花石河，当地人称之为小河。一大一小两条河流在南北走向的红河街道东南角汇聚后就形成了峁水河。

峁水河向着东南方向，流经石家窑、六图、八图和岳家庄、费家庄，注入秦皇湖。秦皇湖里汇聚的峁水河经过大坝溢洪道再流经石沟、石咀、青龙、草坝村，就进入了盐官镇，在盐官镇境内流经石家山、程山、庄窠、牟联等村，在盐官镇十字路口就与西汉水汇合了。

峁水河从源头算起，全长不过四十公里，但名气很大，是大秦帝国的母亲河，著名的西垂宫就在这一带。

“一座山”：天台山

天台山位于红河镇正南与马河乡接壤处，海拔2100米，是红河镇的制高点。一峰独峙，松涛阵阵，唯可从正面攀缘而上。峰顶有堡，堡内建有庆云寺。庆云寺，红河人把“庆”读成“近”，是寓其高。

站在天台山顶，可见四周十八座山头齐刷刷朝向天台山，故天台山有“十八罗汉朝如来”之誉；而站在天台山对面的高家沟梁上时，天台山又恰似一只展翅高飞的凤凰，故天台山又有“凤凰展翅”“有凤来仪”和“凤鸣九州”之说。当地老百姓说天台山是周天子祭天的地方。与天台山隔河相望的是“六八图遗址”，该遗址是目前红河流域最大的一处周秦文化遗址。

“一只簋”：秦公簋

现藏于中国国家博物馆的秦公簋，1919年在红河镇王家东台出土。王国维、郭沫若等老一辈学人，看到秦公簋后欣喜若狂，激情难抑。他们认为，这件宝贝的问世，一定会为破解长期以来困扰史学界和考古学界的“秦人是从哪里崛起的”“西犬丘究竟在哪里”这两大历史谜案提供重要线索。

秦公簋为春秋时期的秦国礼器。器身和器盖内著有铭文104字，记载了秦先祖十二公开疆拓土，发展生产，让秦国国富民强

的赫赫战功与政绩，是研究早期秦史的重要实物证据。秦公簋的问世，还为研究古文字、活字印刷和书法艺术，提供了十分珍贵的第一手资料。

秦公簋即秦公敦，王国维先生看到后爱不释手，考证研究后，很快就发表了他的研究成果《秦公敦跋》，冯国瑞先生在《天水出土秦器汇考》一书中说："1923 年，王静安先生即为之跋矣，于是举世皆知。"后来郭沫若先生发表了《秦公敦韵读》，商承祚先生发表了《秦公簋跋》，李学勤等一大批现当代秦汉史研究专家都对这尊秦公簋情有独钟，并且都发表了专门的学术论文。老一辈学人们关于秦公簋研究的学术成果，对当下的秦文化研究工作产生了直接影响，发挥着指导作用。

李学勤先生在1998年发表的《探索秦国发祥地》一文中引用了王国维先生的一段话："西者，汉陇西县名，即《史记·秦本纪》之西垂及西犬丘。秦自非子至文公灵庙皆在西垂。"紧接着李学勤先生说："王氏的说法是对的，因为秦已有西县之名，见《史记·周勃世家》。秦公簋出于天水西南乡，证明了西县位置，也和最近的发现相呼应。"李学勤先生说的"最近的发现"，就是礼县大堡子山秦西垂陵园。

20世纪末礼县大堡子山秦西垂陵园的发现，既证明了"秦人崛起于礼县""礼县就是西犬丘"，也证明了老一辈学人的远见卓识。

"一个人"：赵壹

东汉辞赋家赵壹，礼县红河人，是东汉时期与书法家敦煌人张芝、思想家镇原人王符齐名的"陇上三大家"之一。

赵壹一生著述颇丰，著有《上计赵壹集》二卷，已佚。其传世作品目前计有赋、颂、箴、诔、书、论、杂文十六篇，在中国古代文学史上占有十分重要的地位。

赵壹美须豪眉，相貌超群，性格耿介，不拘小节，学养深厚，文采飞扬。光和元年（178年）授郡上计，前往京师洛阳汇报工作时，得到司空袁逢和河南尹羊陟赏识，一时名噪京师。

桓灵之际，赵壹遭遇党锢之祸，屡屡得罪，几至于死。后得友人相助，才幸免于难。从此，回归田园，继续从事文学创作，"州府争致礼命，十辟公府不就"，即十次谢绝朝廷征召，终老乡里。

赵壹才华横溢，所作辞赋语言流畅，朴实典雅，观点鲜明，在汉赋发展史上独树一帜，自成一家。其代表作《刺世疾邪赋》，对封建王朝的腐朽及其统治者的昏庸进行了辛辣的讽刺批判，表达了对不合理社会制度的强烈不满，词锋犀利，情绪激烈，有“一赋压两汉”之美誉。

关于赵壹的赋，人们耳熟能详，但对他的书法论文却鲜有人知。赵壹除了赋写得好，他还是中国书法史上第一位书法评论家，是他开创了中国书法评论的先河，他的《非草书》一文，是中国古代书法史上的第一篇书法论文。

“一座湖”：秦皇湖

秦皇湖，位于红河镇中心位置，因为最早设计的秦皇湖蓄水大坝，东头在石咀村地界，西头在石沟村地界，故名“双石水库”，后更名为“横河水库”。1958 年，时任甘肃省人民政府主席邓宝珊在天水地委书记吴治国陪同下，检查指导水库建设时，把“横河人民公社”改成了“红河人民公社”，“横河水库”就成了“红河水库”。2003 年，红河水库大坝除险加固工程竣工后，“红河水库”更名为“红河湖”。2008 年，“红河湖”更名为“秦皇湖”。

秦皇湖水域面积 3000 亩，是目前陇南最大的一座人工湖，宛如一块晶莹剔透的绿翡翠，镶嵌在陇原大地上，给红河镇增添了无限光彩，增加了无穷魅力。

春夏秋三季的秦皇湖，湖面如镜，倒影似画；到了冬季，湖面结冰，冰面上积雪盈尺，有好奇者常在其上步行、骑车。

秦皇湖东西两山，宛如一对含情脉脉的情侣长年隔湖相望。每到春季，西边的黑龙岭绿树婆娑，雄浑苍茫，极具阳刚之美，东边的桃花山夭桃灼灼，妩媚多姿，尽显阴柔风情。秦皇湖北边，有连接东西两岸的曲桥。春夏秋三季，曲桥之南烟波浩渺，画舫游艇，来往穿梭；曲桥之北蒹葭苍苍，绿草如茵，如锦似缎的草地上，一群群牛羊驴骡游走吃草，悠然自得。

秦皇湖位于南北候鸟迁徙线上。春天，一对对鸳鸯或戏水湖心，或私语湖畔，卿卿我我，不弃不离；夏天，一群群白鹭或栖息于湖畔，或伫立于浅滩，神闲气定，优雅如逸士高人；秋末冬初，成群的斑头雁、绿头鸭、黄鸭、灰颈鹤就会来到这里，栖息觅食，补充体力。

秦皇湖大坝西端，有大禹治水雕像，其神情动态，能叫人想起“茫茫禹迹，划为九州”时，大禹“三过其门而不入”的动人

情景。大坝东端浑圆突起的茅庐山，一如探出水面的鼋头，山上长满丁香，每年五月，花香袭人。从坝面到茅庐山顶，有一条笔直的水泥台阶路，拾级而上直通山顶。山顶有飞檐翘首之彩绘八卦亭，置身亭内，湖光山色尽收眼底。亭侧有泄洪闸口，飞瀑湍流，喷珠溅玉。据传，茅庐山下，是一条流淌银子的暗河，将耳朵贴在八卦亭的地面上，会听到银水哗哗流淌的声音。

秦皇湖水质优良，湖中放养的鲫鱼、鲤鱼、草鱼、鲢鱼、银鱼，肉质细腻，味道鲜美。

秦皇湖畔一年四季游人如织，垂钓者络绎不绝。

2007年，秦皇湖被列为陇南市最有影响力的“十大旅游景点”之一。

除了“一条河、一座山、一只篮、一个人、一座湖”之外，红河镇境内还有很多珍贵的历史遗存，很多可供游玩的风景名胜，很多优秀的历史文化名人，很多民间传说故事。

亲爱的朋友们，想知道红河更多的故事，想欣赏红河更多的美景，想在红河镇有新的发现，就请到红河古镇一游吧！

水　磨

童年的记忆中，老家山村有一条日夜奔流的清澈碾渠水，在哗哗奔流的清水带动下，两座古老的水磨日夜转动，山村的日子也被转动的磨盘带动得有声有色。

有了水磨，沧桑的岁月里，苦难的生活开始出现了些许甜蜜。从村庄开始，它以和庄稼人一般的笨拙，转动着，复转动着，在日月的相互追赶中发出“咿呀咿呀”的声音。这声音混合着作物抽枝拔节的声响，混合着鸡鸣、犬吠，混合着老者逝去的哀叹和婴儿降生的啼哭。那一孔孔水磨眼，已记不清塞下过乡村多少个故事；那旋转着的上半个磨盘，不知让多少个钟表周而复始地和自己一起轮转。

简单的乡村，在奉上热闹的盛宴时，石磨总是率先登场，它磨豆、磨麦，磨出米粉，充盈着人间喜庆的烟火味。

在一个个日晒雨淋的黎明黑夜，看磨的老大伯扛着铁锹，奔忙在水渠边搬石用土，堵水截流，为的是让清澈的水匀速流向下游不远处的那盘水磨，为的是让日夜转动的石磨碾出荞面、小麦面、玉米面等。

开始磨面了，看磨的老大伯忙碌在磨盘边，均匀地把热乎乎的麦米添进磨眼，连同生活的温暖。如此周而复始，如昼去夜来，绵延不断。小麦粉争先恐后从磨缝里挤出，似儿孙降临，香火不断。外婆一边向磨眼里添着麦粒，一边俯身看小麦粉的粗细——这一俯身咋就过了那么多年？

我长大了，老大伯老了，就连那块磨盘的槽子也被磨损得光滑了许多。

是现代化进程的加快过早替代了水磨吗？我从水磨浸润的岁月里走来，在它退潮之时。离开乡村近三十年了，当我再一次回到磨坊的时候，我潮湿的目光留不住它渐渐远去的身影，特别是老大伯走了以后，磨担静静地挂在墙上终日沉默，像一只风干的影子。我俯身抚摸磨盘，古老，冰冷，伸出去的手指沾满了灰尘。

也许水磨太累了，也许岁月太沉了，它停了下来。这个转不出乡村的磨盘，把困苦磨碎之后，便悄然隐退至人类文明的浩瀚大洋里。从那个时代走来的人，谁不想念水磨磨出的味道呢？

盐官的盐与马

盐官镇位于礼县东北部，东接天水市，西接西和县，峁水河流经而过。

盐官原名卤城，这里有高浓度的卤水自地下涌出。早在两千多年前，这里就已经因盐而兴。

盐官丰富的盐卤资源为秦人的兴旺提供了两个得天独厚的条件。与秦人相邻的其他民族或部落，绝大多数都不掌握食盐资源，但食盐又是生活的必需品，因而得用粮食或其他东西与其交换，秦人因此致富。像人一样，骡马也是需要食盐的，这里养出的骡马膘肥体壮。历史上，盐官骡马就以个头高、力气大而著称。

秦人以养马立身，马是拉战军的必备力量。1941 年底，永兴镇蒙张村在搞农田基建时，掘得一秦墓葬群，其中最具历史价值的便是天水家马鼎。该鼎青铜质地，高 22.5 厘米，口径 22 厘米，重 4.5 公斤。盖表、腹上部各阴刻篆隶书十三字：天水家马鼎容三升并重十九斤。该器被专家学者考证为秦器，名为“天水家马”鼎。西汉水上游的开阔河川，为古西垂地，土地肥沃，水草丰茂，又有盐井，是非常理想的繁畜之地。直至如今，该地骡马仍享誉西北乃至全国。

盐官在唐代形成了规模庞大的骡马市场，驰名四海。“自唐始除元外均以以茶易马，于是此地又是以茶易马的集散地，清统一全国后逐渐不用西北马，以查哈马代之……”（《陇南市礼县志》）康熙四十四年（1705 年）停止以茶易马。

地理位置上东联西会，南来北往，成就了盐官骡马市场的历史地位，东部农业地区需要畜力耕耘，西方邻近广阔的甘青藏天然牧场，南方的秦巴岷山山系崎岖山路通行又需要骡马来负载贸易，北依丝绸之路，这些都是盐官骡马市场的独特历史地理条件。新中国成立后，随着生产力的发展和市场经济的发展，盐官成了礼县、陇南和天水的重要集市之一。交易畜源由县内扩展到舟曲、卓尼、川北，牲畜远销陕、青、宁和晋、鲁、豫、皖等地，影响极大，已形成了一道骡马交易的独特风景线。当地有识之士指出：在各地大力推进农业产业化的今天，如何充分利用盐官骡马市场这块“金”字招牌，把市场发展同当地畜牧业发展结合起来，通过市场无形的带动作用，促进当地养殖业、加工业进一步发展，以此帮助当地群众加快致富的步伐，把产业优势转化为经济优势，进而把优势产业打造成富民产业。

唐肃宗乾元二年（759 年），正是安史之乱如火如荼的当儿。这年七月，诗人杜甫自华州携家眷来到秦州（今甘肃天水），在秦州客居三个月，由于生活没有着落，被迫当年十月从秦州出发，经赤谷、铁堂峡至盐官镇。

杜甫来到历史上称为卤城，现在是礼县的东大门和第一重镇的盐官镇，见草木经受卤气浸润而凋枯，青烟满川，人们正忙于煮盐，又深慨上下易手、公私争利，遂作《盐井》一诗："卤中草木白，青者官盐烟。官作既有程，煮盐烟在川。汲井岁榾榾，出车日连连。自公斗三百，转致斛六千。君子慎止足，小人苦喧阗。我何良叹嗟，物理固自然。"虽然杜甫为我们留下了一幅当年盐井兴旺发达的盛况，但诗中对"世乱民国劳作求活"的嗟叹，让我们至今为之感慨。

据《礼县史话》记载，位于盐官镇南门外骡马市场附近的盐井，发祥于周代秦人占据时期。战国时期，国家在这里设置官吏，专门管理盐业生产。井盐生产从其发祥至新中国成立初期，一直都是当地人民重要的主要经济来源。《礼县志》上说，20 世纪 50 年代，盐官镇的盐民达三百余户，年产盐量达八十多万斤，"盛况空前，煮盐的青烟弥漫着整个平川"。《汉书·地理志》《水经注·漾水注》记载里的可佐证。

盐井的发现，还有一段传说呢。据说北周有一异僧恭巽水于地为池，唐初的敬德田猎于此，玉兔中矢，遂入池中后寻踪掘而成井。民间流传玉兔现井迹和煮水为盐都是盐圣母显妙秘的结果，于是人们在盐井周围建起了祠庙，以供奉这位降恩惠于人间的盐神。

三国木门道

自从蜀汉进入诸葛亮时代后，诸葛亮就一直为实现先主刘备一统中原的遗愿呕心沥血、鞠躬尽瘁。在平定南中之乱、恢复蜀汉国力后，自建兴六年（228 年）开始，诸葛亮在之后的六年间连续组织了五次北伐战争，在关陇地区留下了大量的足迹，也同样留下众多脍炙人口的精彩故事。

据《三国志》载，诸葛亮于建兴九年（231 年）春天发起了第四次北伐。当时，曹魏大将军曹真身染重病，无法统兵，魏明帝曹叡任命司马懿为西北战场最高统帅，都督关中诸将出兵迎战。在此次北伐之战中，诸葛亮与司马懿在上邽县东南的卤城（如今的甘肃省天水市秦州区）展开对峙。司马懿下令依城坚守，拒不出战，却受到了部将的讥讽。无奈之下，司马懿只得领兵出战，结果遭遇惨败，伤亡惨重。从此之后，司马懿更加坚定了据险而守的战术，再也不与北伐大军进行正面交锋。尽管诸葛亮绞尽脑汁，却无法诱使司马懿出战。就这样，双方在上邽一带僵持了数月之久。

上邽战场的僵持被一场突如其来的事件打破。都护李严为掩盖督办粮草不力的过失，假借后主刘禅的旨意，命诸葛亮全军撤退。诸葛亮虽然对撤退的命令有所怀疑，但对天子之令又不敢不从，只得结束对峙率部撤回汉中。为保障顺利撤退，诸葛亮在撤回途中的木门道设下了伏兵，阻截魏军的追击。诸葛亮回到汉中方才知道了事情的原委，向后主刘禅上表弹劾李严，李严随即被罢官免职。

在得知蜀军撤退的消息后，司马懿派张郃领兵火速追击。魏军追至木门道时遭到了伏击，张郃也在此战中殉职。

那么，木门道究竟在哪里呢？诸葛亮为何会选择木门道作为伏击曹军追兵的战场呢？

按照北魏地理学家郦道元所撰《水经注》记载，“木门道”是一条起于今甘肃省天水市秦州区，止于今甘肃省陇南市西和县长道镇的一条古道，这也是古代自天水经祁山返回汉中的一条主道。该道从天水市秦州区沿河西行，经过秦州区的铁炉乡后向南，翻越秦岭进入西汉水的支流峁水河的河谷地区，然后再经天水市秦州区的杨家寺镇、草坝乡至甘肃省陇南市礼县盐官镇的邓家上磨，在邓家上磨又折向西南顺西汉水行进，经盐官镇、祁山堡至终点长道镇。

这一整条曲折的古道，称为木门道。

曹魏名将张郃的葬身之处，就位于该道前半段上的“木门谷”中。也正是由于张郃在此丧命，这条古道才为后人所熟知。那么，木门谷的具体位置在哪里呢？据《水经注》载，耤河的支流南沟河与金水河在汇入耤水前，有四股溪水汇入两河之中，分别为乱石溪水（今天水市秦州区的芦子沟）、木门谷水（今天水市秦州区的普岔沟）、罗城溪水（今天水市秦州区的韦家沟）、山谷水（今天水市秦州区的平峪沟）。由此可以得知，木门谷的大致位置，即在如今的甘肃省天水市秦州区牡丹镇普岔沟一带。

另据清代的《西和县志》载，在该县东北方向的一百多里处，有一个地方叫木门里，三国时期的曹魏名将张郃就是在此处遭受伏击中箭身亡。不过，由于年代久远，史料的记载又较为模糊，张郃的具体葬身之地仍旧不是很明晰。直到 20 世纪 80 年代后，当地的相关考古工作者在秦州区牡丹镇一带发掘出大量文物，其中有一部分是三国时期的甲胄、兵刃、强弓及箭矢。经相关学者实地考察、考证和分析，最终达成了共识，木门谷及张郃葬身的具体位置就是如今的甘肃省天水市秦州区牡丹镇木门村一带。该地离天水市市区有六十多公里，而大致位置也与《水经注》《西和县志》中的记载较为相符。

木门谷地形较为复杂，两头开放中间较窄，左右有毛牛墩梁与王家梁山，木门古道由山间通过。谷地全长一公里左右，最窄处有五十多米，该地犹如一道天然的关隘，是一处打伏击的绝佳场所。据《三国志》载，张郃率部追击至木门谷后，早先埋伏好的蜀军发起了突然袭击。蜀军使用强弓万箭齐发，张郃躲避不及，被箭矢射中了腿部，最终葬身于此。

时至今日，木门谷两侧的山川丘陵上仍留有大小不等的山洞，据当地村民说，这些山洞就是当年诸葛亮设置伏兵时用的“藏兵洞”。如今的木门村也成了当地的一处旅游名胜，周边还建有武侯祠、张郃墓等纪念性建筑及设施。

秦风半两

故乡陇南礼县县城有一条“秦人街”，名字的来源可追溯至秦人的先祖。在这片古老的大地上，周王朝把秦人置于自己都无法征服的犬戎腹地，“以和西戎”。

秦　源

秦源，这是个由永兴镇大堡子山大墓引出的名词。1992 年礼县大堡子山王侯墓挖启，到 2006 年接着又有一整套编钟出土，让考古专家、学者惊讶之后默认此处便是《史记·秦本纪第五》中“五十年，文公卒，葬西山”的“西山”，公认此地便是史学界苦寻的秦西垂陵园。历史上神秘的西戎、西犬丘、西垂、西县落定在礼县的大地上，更让确存于此的秦西垂宫、数代秦人的足迹充满神秘。

秦人踏入礼县，大概是商末，秦族中潏一支“在西戎，保西垂”，直到秦始皇统一全国的西县，礼县一直是秦人的家园。但西垂作为秦人早期的历程，应该以公元前 762 年文公东迁或公元前 716 年文公归葬西山为节点，其后便退出秦人的政治文化中心，以秦人祖籍故园而存在。不过要探寻大秦崛起的密码，解密秦人强悍博大的文化根性，研究嬴秦一族良性承传的基因，锁眼就是秦人在礼县的数百年。

每次徘徊在大堡子山巅，望着群山逶迤，西汉水悠悠离去，复原的“中”字形大墓，微风中的自己总能听到加速的心跳，眼里总是晃动着老秦人的身影。

礼县浩瀚的数千年前，森林覆盖群山，游牧民族犬戎集居，在汉水上游的广阔山谷，土质肥沃，绿草茂密，还有盐官的卤水，孕育出荒蛮之地中的一块宝地。按司马迁记述，秦先祖中潏“以亲故归周，保西垂”而迁西，大骆、非子、秦仲、庄工、襄公、文公，曾在这片蛮荒之地与戎人纠缠生息，经过改朝换代的巨变，这个曾经的商朝贵族注定在礼县是艰辛的。通过《史记•秦本纪第五》的文字可知，中潏迁西、周武王杀恶来、大骆生非子、非子牧马、秦仲血战；庄工破戎、襄公救周、封侯始国、祠帝西畤；文公东迁汧渭，从而成功崛起。秦人把几百年的努力，把最艰难深刻的足迹留在了礼县的山水间。这里面不知发生了多少满含血

泪甚至悲情的事情，但都被时间掩埋，只存有简单的正史文字与大地之上和黄土之下的遗存。礼县西山遗址、红河费家庄——六八图遗址、圆顶山贵族墓葬群遗址、大堡子山大墓遗址、鸾亭山遗址、四角坪遗址，这些已经发掘的古址和还未发现的城邑印证着秦人西垂的真实生活；家马鼎、秦公簋、鸟形金箔片、战车马骨，正把早期秦人的成就公布于世人。只有他们才懂自己的主人——秦人，也守住了秦族的印痕。

2013 年甘肃省秦文化博物馆落成于礼县，随之先秦文化在礼县大地上散发出春天般的魔力，本地秦先祖、先秦文化的研究著作越来越多，越来越注重从礼县现实出发，探讨秦人留给礼县的精神文化遗产。秦人在西垂的足印逐渐明确，秦先祖在西戎的光彩逐渐强大。近二十年来，随着一批批先秦文物出土，得到社会各界文物专家的考证和认可，礼县当地人民也都发自内心地骄傲：老秦人很了不起，是我们礼县人的根基和先祖。秦人在礼县不仅仅只留下众多的青铜器、夯土层和待发现的谜团，更重要的是那一个个遥远而陌生的名字，真假难分的历史故事，《秦风》中的四字经典，最终完成了秦族在古西垂的崛起。这些无形却强大的气运，是深刻在我们老百姓心中的遗产。

审　势

据《史记》记述，在非子养马出名并有功之后，申侯对孝王建言："昔我先郦山之女，为戎胥轩妻，生中潏，以亲故归周，保西垂，西垂以其故和睦。今我复与大骆妻，生嫡子成。申骆重婚，西戎皆服，所以为王。王其图之。"于是孝王曰："昔伯翳（秦祖）为舜主畜，畜多息，故有土，赐姓嬴。今其后世亦为朕息马，朕其分土为附庸"，邑之秦，使复续嬴氏祀，号曰秦嬴。亦不废申侯之女子为骆嫡者，以和西戎。

惜言的司马迁对说话内容做了详记，证明很重要。申侯是秦人的贵人，在周王面前极力为秦人说好话，并用戎族与秦族是姻亲，戎人服秦人而能为周王稳保西垂为利害，才使周王同意改善秦人地位。具体措施是安排养马工作、恢复嬴姓、接管嬴氏的祭祀、划拨了土地。秦人第一次得到周王朝的原谅和认可，恢复了姓氏地位。这对秦族来说是翻天覆地的改变，非常重要。可见这一切待遇在非子养马以前是没有的。中潏一族迁入西戎，一路风餐露宿，待走到西垂礼县，族人因折损过大而变得十分弱小单薄。到达之后，没有土地、没有身份地位，落寞失势之人投亲靠友，在戎地讨生存，寄人门庭改姓而生。秦人地位提升后，由"西戎反王存室，灭犬丘大骆之族”“西戎杀秦仲”“襄公元年，以女弟缪嬴为丰王妻”可见，让周王忌惮的戎族有多凶悍强大。司马迁从秦史资料查到的这些，或许后期秦人已经做了大量的删减和美化，况且仅是秦族生活的极小部分，其真实情况要比想象中更加残酷，因为西垂秦人是“周武王杀恶来”的恶来一支。寄身西戎秦人要生存、要立足，还要代表朝廷，面对此形势，他们只能向戎人低头屈身乞生，并向戎人融合学习，适应这里的环境，增加自己的生存韧力，极大改变族人繁衍生息的空间。后来非子在这沃野山谷，承传祖业为戎人养马逐渐被认可，改为周王朝养马、驯马。其后秦人在养马上更专注，非子与族人以马为伍不分昼夜，不断提升养马的技能、马匹的质量，低头默默积攒力量。秦人展示了困境中极强的自生自立之道。

不　屈

周王朝把秦人置于自己都无法征服的犬戎腹地，“以和西戎”，其用心险恶，但秦人对于如此境遇，他们没有选择。秦人面对艰险没有退缩和屈服，而是放下礼乐的束缚，卸去贵族的长袍，换成毛皮短服，去适应丛林的生存之道，竭力突破自己，形成了彪悍尚武的不屈性格。刚开始秦人孱弱，勤劳养马屈身求存，后来有所改善，则有史书上记述的西戎反周时杀灭西犬丘大骆之族，毁灭了非子多年的功业，秦人血流成河；再后秦仲伐戎被杀，儿子庄公率兵再战，夺回先祖居地的犬丘；襄公二年，戎人围犬丘虏世父，几年后襄公也死于伐戎途中，其子文公再战，扫清西垂周边的戎人。秦人为了立足生存和强大自己，英勇不屈浴血奋战，全民皆兵举族伐戎，且愈挫愈勇，愈战愈强；另一方面利用良马资源，引进周朝先进的冶炼技术，创新攻守战阵，扩充提高军队战力。一代接一代，身骑战马，历经重重绝境，经受住了血与火的淬炼，形成一支强悍善战的秦军团，也造就秦人英勇无畏、坚毅不屈的品格，为嬴秦一族的强大夯实了基础。秦人走出了一条不屈的自力自强之道。

图　起

秦祖在西戎，身处险境，经多年养马经营和多方疏通，得申侯相助，终回归祖姓。他们明知申侯拉拢的用意和统治阶级的用心，但还是选择站在周王朝一边，因为他们深知要恢复昔日的尊荣，只有借助周王朝。非子能养马，就不断向周朝进贡优良的战马，甚至派人给王室驱车驾马，尽职尽责，没有丝毫懈怠。后来奉命不断征战西戎，首领不惜命，秦兵不惧死，血战西垂，报效周王。因为他们知道征服犬戎，廓清西垂，对于周王朝来说这是秦人的价值所在，对于自己则是翻身的机会。周朝衰弱，申侯与戎王攻周之际，襄公抓住机会率兵平叛，并护送周平王东徙洛邑，更彰显秦人的政治远见和信念定力。

这些刻在骨子里的品质和智慧成就了秦人，这一切是曾经的礼县给予他们的，秦人也把它留给了今天的礼县。

西垂陵园

甘肃礼县大堡子山古墓群被专家一致认定为秦始皇祖先的第一陵园——西垂陵园，礼县也被认定是中国古代重要史书《史记》中所记载的秦人发祥地“西犬丘”所在地。

20 世纪 80 年代末，礼县、西和县的部分群众在两县交界处永兴镇平泉、文家村附近的大堡子山一带挖“龙骨”时，发现了一些小型墓葬，揭出了一批文物。

1993 年秋，位于大堡子山顶农田中的几座大型古墓被盗掘。据当地知情群众反映，当时挖出的东西很多，有金饰片、玉器和青铜鼎、簋、编钟等，有一个大鼎，重达数百斤，需要几个壮汉才能推到手扶拖拉机上。盗墓者支起帐篷挖墓，一些外地文物贩子手提包里装着一沓沓现金，蹲在盗墓现场收购，一手交货，一手交钱。最后，这些文物，小部分为当地公安部门收缴，大部分流失外地。劫后的大堡子山“整个山坡满目狼藉，遍布密如鱼鳞、深浅不一、大小不等的盗洞”（考古学家戴春阳语）。

1994 年 3 月，甘肃省考古研究所田野考古队赶往大堡子山，开始进行抢救性发掘。考古队经过钻探，发现有“中”字形大墓四座，瓦刀形车马坑三座，附近山坡上还有规律地分布着二百余座中小型墓葬。在摸清大堡子山墓群基本情况的基础上，重点清理发掘了三座大型墓葬和九座小型墓葬。这三座大墓都惨遭盗掘：一号大墓平面呈瓦刀形，东西向，墓内文物被盗一空，仅余残碎的马骨，部分铜车饰件、铜泡和锈蚀严重的铁制品，推测应为车马坑。二号大墓为“中”字形，呈东西向，有东、西两条墓道。墓室呈斗状，该墓已遭盗掘，仅发现石磬五件、小件玉饰多件。三号大墓呈“目”字形，东西向，墓道结构与二号大墓相同。该墓也遭盗掘，仅发现一些青铜器碎片。

清理发掘的九座小型墓因未遭盗掘，收获颇丰。这些墓葬均

为竖穴坑墓，东西向。墓主均使用棺椁，葬式为头朝西的直肢葬，随葬品数量不等，有铜器、玉器、陶器、石器等，共发现 100 余件。

虽然大堡子山墓地文物大量被盗，收获不多，但有关专家从三座大墓与陕西秦公陵墓的形制、布局、规模的对比研究，参照收缴部分文物的器形、铭文、纹饰等特点，初步认定此为早期秦人墓葬群，但还没有确认为西垂陵园。

就在国内学者进一步考证研究的时候，从国外传来了震惊国人的消息：在美国纽约、法国巴黎以及日本等地公开展示了一批来自甘肃礼县大堡子山的十分精美的青铜器和金器，一些青铜器上还铸有“秦公乍铸尊壶”“秦公乍铸宝簋”“秦公乍铸用鼎”等铭文。国外学者用科学方法测得这批器物的制作年代为公元前 943—前 791 年，并参照器物纹饰、形制等特点，确定这批器物应属西周中晚期的秦人所制造。消息公布后，在国内外文物界引起强烈反响。著名秦史专家韩伟先生在法国巴黎见到了一大批出土于大堡子山的秦人金饰片，连续发表了《罕见的文物，重要的发现》《论甘肃礼县出土的秦金箔饰片》等论文，推论大保子山墓葬群属于西周晚期“秦仲、庄公”之墓。著名历史学家李学勤先生也发表论文，认为在美国纽约展出的出土于大堡子山的“秦公壶”的器主，应该就是庄公。

1998 年春，在大堡子山对面、西汉水南岸的赵坪村圆顶山又发现了一片墓葬区。在甘肃省文物考古研究所指导下，礼县博物馆进行了抢救性发掘，清理了三座贵族墓和一座车马坑。该墓葬虽经盗掘，但因发现较早，抢救及时，大批重要葬品没有落入文物贩子之手，这次发掘收获颇丰，共出土各类文物 162 件，并及时追回一批珍贵文物。在发掘的一座大墓中出土有七鼎六簋，按周代礼制应当为上大夫一级的贵族，从随葬的鎏金镂空铜柄铁剑、青铜剑等兵器及放置首饰、化妆品的四轮青铜方盒（一说为青铜车）推断，墓主可能为并穴合葬的一对贵族夫妇。

圆顶山秦人贵族墓群的发现，不但为大堡子山古墓是秦公墓群的判断提供了有力佐证，人们还发现，两个墓群隔水相望，形成一片范围很大的陵墓区，墓区大墓、小墓排列有序，数量很多，总面积 30 平方公里。专家们惊喜地认识到：这里就是千百年来人们苦苦探寻的秦人最早期的陵园——西垂陵园。这里也就是西周时期周王朝“西垂”的中心区域，秦人早期都邑“西犬丘”及宫殿“西垂宫”应当就在陵园附近，甘肃礼县也就是秦人的真正发祥地、秦文化的源头。有关专家认为，“秦西垂陵园的发掘是二十世纪继敦煌藏经洞和兵马俑之后的又一重大发现”。

西垂陵园是秦人最早的陵园，也是陇南地区迄今为止发现的规模最大、年代最早的古代墓葬群。现已发现的许多墓葬虽然不少已遭盗掘，文物流失严重，但从文物单位收集及墓葬中出土的数百件文物情况来看，种类十分丰富，有青铜器、金器、玉器、石器、陶器等，以青铜器数量最多，其中有不少属罕见珍品，其历史、艺术价值也极高。

西垂陵园墓区发现的青铜器很多，从目前能够见到的一部分青铜器来看，秦人早期的青铜器很有特点，许多器物上都铸有

“秦公乍（作）”等明确标示器主身份的铭文，器形、纹饰、铸造都有独特之处，典型器物有鼎、簋、壶、编钟等。

鼎和簋。在西垂陵园墓区出土的青铜器中，鼎和簋是最具代表性的器物，也是能明确显示大堡子山、圆顶山墓群为秦人西垂陵园的实物遗存。从墓葬情况及当地群众反映，大堡子山墓区出土了许多大小各异的青铜鼎和青铜簋，可惜大多已流失海外。在国内能见到的主要有两批，一批是公安部门从盗墓者手中收缴的，并经盗墓者到现场指认，出自大堡子三号墓。这批青铜器出土时即为碎片，系历史上墓室坍塌所致（也正因为如此而未出手），经专家清理，有铭文的残片纹二十余块，分属七个鼎体、五个簋，据推断还应有一个簋散失，即“七鼎六簋”，按周代礼制，天子享用九鼎八簋，诸侯为七鼎六簋，大夫五鼎四簋，士三鼎二簋或一鼎一簋。鼎和簋器上铸有“秦公乍铸用鼎”“秦公乍铸用簋”铭文，可证明器主为“秦公”，并具有诸侯身份，而非一般贵族。这批器物现存甘肃省博物馆。另一批青铜鼎和青铜簋现存上海博物馆。1993 年 10 月，上海博物馆馆长马承源先生在香港古玩坊肆发现了四件鼎、三件簋，据卖主称这些器物均来自甘肃礼县大堡子山，马先生遂将其全部收购。据专家鉴定，这批青铜器为秦器，确为大堡子山二号大墓所出。四件鼎上均有铭文，其中两件鼎上铭文均为“秦公乍铸用鼎”，另两件为“秦公乍宝用鼎”，均范铸于器内腹部。三件簋中，两件有铭文，一件无铭文。有铭文的两件簋，大小、形制、纹饰基本相同，器与盖各有“秦公乍宝鼎”五字铭文。这两批青铜器物，是研究、推断大堡子山二号、三号大墓墓主的重要依据。

壶。青铜壶也是西垂陵园独具特色的重器。1994年夏，李学勤先生曾在美国纽约见到一对保存良好、器形完整的青铜壶，据传出自大堡子山秦公陵，经盗掘转往香港而流落域外。这对青铜秦公壶形制庄重，纹饰瑰丽，是秦人在春秋早期的盛酒礼器。因壶内壁铸有“秦公铸尊壶”，人们遂称其为秦公壶。李学勤先生认为这对秦公壶，是目前仅见的有铭文的西周至春秋前期秦国青铜壶，十分重要，制作年代应当在秦国的秦仲、秦庄公在位期间。也有专家认为在秦襄公或秦文公时期。

虎食羊。在西垂陵园出土的诸多青铜器中，虎食羊是最为独特的一种青铜器。虎食羊造型为一只猛虎正在啃食一只被捕获的已奄奄一息的山羊。老虎呈俯卧状，双眼圆睁，两耳高耸，长尾似鞭，显得威风无比。这件青铜器大约制作于战国时期，制作精美，造型独特，纹饰精致，并有镂空等工艺，对研究战国时期秦国冶炼、美术及手工艺水平具有非常重要的价值。

编钟。在圆顶山墓区出土的青铜器中，有一套九枚编钟，是其中最为精美的文物，这套编钟是当地公安部门从盗墓者手中收缴的，虽非正常发掘，但已确知其出自圆顶山秦人墓区。专家鉴定，这套编钟制作时代应属春秋晚期，是迄今为止国内收藏最完整、最精美的一套春秋时代编钟。这套编钟被国家权威部门鉴定为国家一级文物，现藏礼县先秦博物馆。

青铜车。发现于圆顶山一贵族墓葬。该车约十五厘米见方，造型精巧。车厢盖的四角上立有四只鸟；打开车厢翻盖的两个手柄，分别是一只熊和一只猴子；车厢底部的四角上爬着四只虎。车体下装有四只轮子，虽深埋于地下两千多年，但这四只轮子仍能转动。关于这辆车的用途，有人说是古代殡葬车的模型，也有人认为在中国古代从未发现“四轮车”，因此，这铜器并不是“车”，而是贵族妇女存放化妆品或装饰品的“盒子”。

除青铜器外，能够佐证大堡子山为秦公陵区的器物还有一批制作精美的金器和石器。

金箔。在大堡子山秦公墓中，出土的金器主要是金箔饰片，可惜大部分也已流散各地。1994 年春，韩伟先生在法国巴黎见到克里斯狄安·戴迪先生收购的金箔饰片四十二件和用金箔饰片铆接而成的金虎两件。这批金箔饰片流落境外时，古董商透露为甘肃礼县所出，显然为礼县大堡子山秦公墓被盗之物。因此，戴迪先生将其著录于《秦族黄金》图录中。甘肃省文物考古队在已被盗掘的大堡子山秦公二号墓发掘中，又发现七件金箔饰片，可能为盗掘后遗留之物。据参与盗挖的当地群众称：大墓四壁以大木垒积，木头上贴满“金叶子”。“金叶子”发现之初，以为是铜片，都以低价卖给了当地文物贩子，毁损者也为数不少，后来发现是金的，遂抬高价格出售。由此可见，当时墓中金箔饰片极多，原始数量难以估算。

金箔饰片上没有文字。从纹饰上看，其口唇纹和目云纹与已知有明确时代的西周中晚期青铜器纹饰相似。韩伟先生推断这批饰片的时代为西周晚期。

石磬。石磬同编钟一样成组编列，都是古代音乐中的主体乐器，为王公贵族祭祀、宴享时所必用。出土的十多组石磬保存非常完好，礼县博物馆的工作人员曾做了编钟奏乐演示，编钟发出的音响清脆悦耳，美妙动听。

陶器。在整个西垂陵园发现了许多陶器及残片。由于陶器价值不高，在盗掘中大多已遭损毁，因此，在大堡子山墓地很少见到完整的陶器，仅从墓地遗留的陶器残片来看，种类繁多，器形各异，多为夹沙灰陶。

兵器。秦公大墓里出土一把折断了剑头的铁剑，残存的剑身长度还有一米零七。铁剑严重锈蚀，一动就会掉渣，但剑刃依旧锋芒毕露，展现了秦人高超的冶铁技术和尚武勇猛的性格。

根据西垂陵园墓葬规制和出土文物品级，专家判断，西垂陵园可以分为北、南两大墓葬区，西汉水北岸的大堡子山为秦公墓葬区，主要包括永兴乡的课寨、文家、黑家崖、何家和永坪乡的赵坪村五个自然村；西汉水南岸的圆顶山为秦贵族墓葬区，主要包括永兴乡的赵坪、龙槐、山角、蒙张、爷池五个自然村。两个墓区保护面积为三十平方公里，其中重点保护区域为十八平方公里。西垂陵园 1997 年被甘肃省政府列为省级文物保护单位，2001 年 7 月被国务院列为全国重点文物保护单位。

天台山的风景

在天水东南与陇南西北交界处的礼县红河镇，有一座远近闻名的大山——天台山，我的故乡草滩村就在山脚下。童年时期，我经常跟着缠了小脚的老奶奶爬上祖屋后面的天台山去拾柴、割猪草、扫树叶，爬上歪脖子梨树摘甜梨……

在爬山的艰难险道上，奶奶一边慢慢悠悠拾柴火，一边给我讲发生在天台山的故事。奶奶说，天台山是周围四十八个村庄的避难所、祭天台……奶奶还说，我的爷爷是红河方圆几十里有名的木匠，新中国成立前，爷爷每天天不亮就牵着年幼的父亲的手，扛着木工用具，到天台山顶做木工活，祈神殿、大殿等都是爷爷做的木工。

天台山春天温润，夏天雄宏，秋天缥缈，冬天孤烈，随四季流转，各有奇景。但当地人最喜欢的还是它的春夏两季，怡人的清风裹着成熟的芬芳。山林中有洋蕨、乌龙头、羊肚菌、苦荞等野菜，还有漫山遍野的野草莓。爬上山顶四处眺望，山腰上有悠然自得的牛羊，三两结群；四周有星星点点的村庄，青烟袅袅。

天台山顶的城堡内有庆云寺，被一圈厚重的夯土城墙包围，城郭形状为不规则的正方形，周长约 3500 米，南北宽约 180 米，东西长约 370 米，残墙高 3—7 米，因地势而建。北侧中部为入口，宽约 4 米。有角台马面，角台为圆形，马面为方形。

庆云寺主体由八角亭和正殿组成。八角亭是一个八角形的亭子，基座为四层台阶；八根外层柱子支撑起整个亭子；八根柱子上装饰有繁复的木雕纹饰，纹饰丰富精美，与内层柱子构成类似“金厢斗底槽”的结构；顶部为八角攒尖顶，八角高高耸起，如鸿雁展翅。庆云寺正殿位于八角亭南部。这座庙堂式建筑，底座由碎石块制成，主体为砖砌山墙，抬梁式木构梁架结构，有斗拱七

朵。以硬木做顶，上有脊兽。

天台山上的风景宛如大师们笔下的画板色彩斑斓，色彩分明。

春天，金黄的连翘花、粉红的桃花、雪白的梨花漫山开遍，使得山野妖娆烂漫，长峡幽谷间芳香弥漫。

夏天，林涛阵阵，翠竹摇曳，在这个火热的季节里，更有七彩山花争奇斗艳。这来自大自然的色彩，绘染了人间的角角落落。

秋天，山坡上各种植物的叶子五颜六色、绚丽迷人；山脚下农人家院子里金黄的玉米棒、成串的红辣椒成了主色调。

冬天，满山的苍松翠柏，在阵阵寒风中飒飒作响，这声音如锣鼓般铿锵，在天地间回荡。

伫立山巅，放眼望去，山海、石海、云海、林海、花海连成一体，赏心悦目的奇色异景令人荡气回肠，不禁为大自然鬼斧神工般的杰作拍手叫好，我发自内心的自豪之感油然而生。

山梁上的古堡

陇南境内，在地势比较险要易守难攻的山头上或山梁上，都屹立着状似麦斗的人工建筑——古堡，俗称堡子。每个堡子都有堡子名，一般是因村庄名而定。

堡子的确是老家一道独特的风景线。堡子，文献记作土堡，指用黄土垒成的工事。堡子分官堡和民堡两种，红河的堡子，大多属于民堡。清末民国时期，红河一带兵乱连年、匪患横行，当地富户乡绅为求自保，修筑了具有军事防御功能、生活设施相对完备的土堡子。堡子用木板筑夯墙体，据说为了把土堡修筑得坚固耐用，筑堡子的土大多是被开水蒸煮过的，用这样的土筑的堡子既牢固又不会长出草来。堡子高墙上建有哨墙，四角建造有角

楼，具有观察瞭望、防御射击的功能。

红河堡子已经走过二百多年，这二百多年来堡子上留下的不只是岁月，还有发生在那里的故事。

陇南、秦州自古以来就是兵家必争之地，三国时期诸葛亮出祁山闻名遐迩，延至后来的两晋、南北朝、隋唐、明清以及中华民国时期，战乱接连不断。每遇变乱，官军不仅不能保民，反而为害地方。在这种情况下，民众纷纷筑垒自保，于是出现了堡子林立的民众自保体系。最先出现的是村堡，一旦有警，民众便依据堡子自守。解除警戒之后，又各自回村，生产生活如旧照常进行。久而久之，大户富家便筑堡而居，将防卫与生活融为一体，于是便出现了族堡及家堡。很显然，村堡是全村民众共同修筑并用作集体防卫的。地方文献中多有堡子攻守事件的记载，从同治元年至同治八年（1862—1869 年），礼县、秦州一带连年兵乱，大部分堡子都有过攻守经历。《直隶州秦州新志》卷之八《戎政》："是年（同治二年），贼扰秦州西南乡，自杨家市（寺）至横（红）

河镇，破堡三十余处。”又：“（同治）八年正月，河州贼遂乘胜东向，所至与陕贼合。正月，攻陷秦安许家堡、丁家店。二月，破州西横河镇、任家堡、朱家川、关家店、大湾里。”横河镇即今礼县红河镇。大湾里即今杨家寺镇大湾里村。又：“（同治）九年正月，北路贼合陕回至秦安丁家湾。……四月，州西高庙山，六月，至竹林庄，攻其堡，皆被击退。”高庙山即原铁炉坡高庙山村，今属耤口镇。竹林庄即今秦岭镇东北竹林村。有的较小的村子没有能力修筑堡子，但距邻村修的堡子近，也就合用一个堡子，这也是当时的一种军事防御设施，在战乱年代兵匪横行时，对当地人民起到了有效的保护作用。

红河镇最有名的堡子是天台山堡子。

红河镇的堡子始修于何时，最确切的说法是清同治年间修建得最多，大多数在清光绪二十一年重修过。《直隶州秦州新志》《天水县志》均有记载。《直隶州秦州新志》卷之二专门为红河的土堡设立了名录，对土堡的名称、位置、所属村落做了汇编。《天水县志》卷之二不仅为天水县的土堡立了名录，对土堡的名称、位置、所属村庄进行了汇编，还对土堡的现状用了三个字——存、破、废——进行描述，并且注明了土堡的修建时间。最多的是“创始年不详”，此外有距现在最近的两个创建和维修时间，一个是同治年间，一个是光绪二十一年。

现如今红河、秦岭一带建在山腰上或山梁上的堡子依然栉风沐雨，但只剩下了最后的姿态：沉默。

——在风中，在蓝天下，在大地上。

洋槐花香

二十多年前，乡下人虽清贫，但居住在大山深处，享受着山村里独有的自然风情。不说别的，单就蓝天白云下那山峦间的雾霭，在一片苍茫之中袅袅娜娜，仿若人间仙境。

清晨，人们迫不及待地打开窗户，吮一吮窗外的新鲜空气，顿感温馨惬意。瞬间，被窗外各式鸟儿的啁鸣所陶醉。远处那苍翠的山峦之中，隐隐约约泛着一团雪白。哦，那是槐花盛开了！

我常常陶醉于山野里的美景，迷恋于山野里丰富的野味。这不，刚刚尝过了荠菜、竹笋、香椿等时令性的“稀罕”之物，这诱人的槐花又在不知不觉间绽放了。看到槐花，我的心头就会产生一缕莫名的兴奋，内心里也不由自主地哼起了一首曲子：“心里眼里都是爱，花都开了你来不来，只要你心中也有爱，幸福等你来采摘……”

我的家乡处处有槐，村外有、村里有，院外有、院里有，槐树如同标配，每户都有。它长得快，材质硬实，长到一臂粗细，即可加工成掀柄锄柄；长至腿粗细，即可做檀条使用。一个院子里种上两棵槐树，繁枝茂叶间落着啾啾喳喳的鸟雀，那是多么迷人。树长在院里，是景致，是气韵，更是精神。

我们称槐花为洋槐花。洋槐花一开便是盛期，全村飘着浓郁的甜香，树上堆雪似的，极有气势。小时候因为生活条件艰苦，每年槐花盛开的当儿，也正是青黄不接的时候，人们总是盼望着槐花早点儿盛开，好给受饥的人们增添一点口粮，使大家顺利度过饥荒。每年槐花盛开时，奶奶就会拿着小镰刀，我提着一个竹笼子，去屋后山上采摘槐花。

槐花可以吃，因它甜香，炒菜不宜，除非放辣椒压住甜气。拌上白面或细糁蒸着吃最佳，佐以蘸料，入口清新，齿间留香。生吃也可，我小时候常常一朵朵地吸它的花蜜。槐树花期短，十天左右吧，细碎的花瓣随风飞舞，堆积在墙角。

奶奶说，最好的槐花是不待完全盛开时的花骨朵儿，而且未经蜜蜂采过蜜的槐花才最为香甜。此时的槐花一嘟噜一嘟噜，像一串串风铃，似一缕缕棉絮，洁白的槐花裹着晶莹的露珠儿，在茂密的碧绿之中，散发着淡淡香甜，成群结队的蜜蜂和蝴蝶在花丛中恣意飞舞，嘤嘤嗡嗡，像极了赶集的人群，显得分外热闹。采摘槐花时，只需用镰刀将开花的槐树枝丫钩到怀里，然后用手轻轻一捋，一把把槐花便洒落进了竹笼里，一个时辰的工夫，便可以采摘满满一竹笼提回家，用清水漂洗干净，便可以做出各种各样的美食来。

那时候人们缺吃少穿，除了用槐花包包子、包饺子外，还用槐花炒鸡蛋、摊煎饼。最难忘的是奶奶做的棍花麦饭，将沥干水的槐花和干面粉按照 5∶1 的比例拌匀，用笼屉蒸熟，将锅上火，倒入食用油，烧至七八分热时置入葱段、蒜苗段和蒜片爆炒，再加入蒸好的槐花，调入适量食盐、香油、味精，翻炒均匀后即可出锅食用。刚刚炒好的槐花饭花朵清甜、黏糯、芳香扑鼻。

人们在槐花盛开时，除了根据生活需求将新鲜的槐花采摘得够当时食用外，绝不会任其自然衰落，而是将其全部采摘，在太阳下晒干保存，以备不时之需。

如今人们虽然已经不缺少生食，但吃槐花已经成为一种生活习惯。

养人的玉米

在陇南的山川洼地、丘陵沟壑中，玉米是常见庄稼。

中秋，玉米缨子由绿变红，玉米长熟到最美的年华。籽粒饱满的玉米，撑开须端苞衣，露出一颗颗金灿灿的珍珠。

乡亲们背着背篓采收，顺秆向下掰，纺锤状的胖玉米就掰在手中再反手丢进背篓。

晌午时分我们坐在玉米棒堆上吃干粮。妈妈挑选个大籽的玉米剥苞衣，三五下拧成线子串儿。玉米棒子排排队，为丰收而欢笑着。

好消息，先被风知；好景象，先被风看。风从山那边吹来，又经过地畔，瞬间就吹散了满背的汗水，又驱散农人们浑身的困倦。

当小山一样的玉米棒子剥完上架，户户人家的树梢和屋檐下，挂起几十个金黄金黄的玉米串。

黄昏里，伙伴们啃着插在筷头上的煮玉米，欢聚在场院玩耍。每当得知爆米花的爷爷来了村里，大家不约而同，手端一碗晒得干响的玉米，带上两角零钱，小跑到场院。当压力时间表走过四分钟，便可开锅。“哧”的一声爆响后，伙伴们快速钻入一团热气里，争抢喷漏的玉米花。这时手慢的孩子，最多捡拾几颗没有爆开的“哑哑”玉米粒。

陶醉让我们全然忘记天已黑了。奶奶喊我回家后，我便坐在灶旁，用干燥黄亮的麦草烧锅。开水沸腾，奶奶将手中金黄细碎的玉米面慢慢抖入锅中，一边抖，一边搅，文火慢款，越搅越滑，一锅“陇南搅团”便做成了。小锅生火，再炒洋芋丝、青椒蒜片、蒜苗辣豆豉，用葱花炝酸菜，这便是山里人热腾腾的好饭食。

我时常啃着生长不良的玉米秆，给同伴们讲：“地里长的番麦，应该叫玉米。玉米，名字多好听，番麦，土气死了。”

推广地膜玉米的头年，我们不懂先覆膜再点播，而是将种子、肥料先播进地，然后覆膜。待地气回热种子发芽，玉米芽透出土时，全家人上地“放苗”。父母寸步不离等出苗。

四月里，玉米一天一个样，似能听到它们的拔节声。四十多天后，玉米已高过我的个头。

修长的叶子临风摇摆，雨珠轻落。西风吹进玉米林，叶片刺啦啦响，如人穿行，又如蟋蟀嘶鸣。

七月，玉米吐缨。成群的獾出没，它们入夜后伺机偷食玉米。我们用干草麦秸秆，在地边生火放烟，以明明灭灭的烟光，驱赶入侵玉米地的獾群。

林畔山坡，坐着放烟看秋的人。

所有的玉米都在努力地生长。包括那些最终没能授粉结棒的地畔玉米。尽管它们先天营养不良，秸秆矮矬，甚至等到秋后都长不出像样的玉米来，但这种红叶红茎不挂苞的玉米秆，嚼起来很甜，是山里娃的甘蔗。我常常梦见自己把羊放到山坡上，玉米地中，找够甜秆儿，找到一捆后，我们兄弟姐妹便坐在山梁上茂密的草丛中，一截一截地嚼，聪明的蚂蚁闻味爬来，搬运着碎渣。

这些玉米秆，是大自然给我们的馈赠。

如金子般的玉米，自带光芒。丰收的玉米，出于土养。当木偶戏祈祷五谷丰登时，玉米棒子挂满架，又堆满窗台，一家家黄金满院。炊烟升起时，隔着坎，妈妈喊："他二娘，吃嫩番麦咧——" 村村巷巷，飘着嫩玉米煮熟的甜香。

孩子们睡在晒场上，用玉米棒子当积木，盖楼房。

晾干的玉米苞衣，编成草垫、生活器物。棒子秸秆可做青贮饲料，或者越冬时用来烧炕。这是自然的恩赐，更是劳作的福利。

种地的人，土地一定会让他创造奇迹。村里小楼林立，玉米的品种换了花样。我惦念着故乡，惦念那望不到边的青纱帐。

流逝的麦客

在我小时候，经常听大人们说“麦客”“赶麦场”，后来长到七八岁了，每年农历四五月间，有四邻八舍和周围村庄的大人们成群结队，蜂拥而去，听到最多的话就是“到陕西赶麦场”。后来我参加了工作，接触到更多的“赶麦场”的人，才知道，赶麦场是西北地区独特的地域文化现象。“麦客”被称作黄土地上的候鸟，历数百年而不衰，深刻融入陕西八百里秦川风土民情之中，成为陕西农业文明中水乳交融、浑然天成的有机组成部分。

有人把麦客比作追逐花期的“千里养蜂人”，一到五黄六月关中麦子黄透季节，一听见“旋黄”鸟叫，麦客就戴着一顶草帽，带着一把镰刀、一个布口袋，像候鸟般飞越关山，汇成八百里秦川蔚为壮观的麦客大潮，堪称中国西部最早、最原始的劳务输出，更像是一种迁徙的文化或游走。

每年春末夏初，地方见绿，五月渐至，地处甘肃、宁夏一带黄土高原的农家余粮告罄，青黄不接。随着夏收季节的来临，人们便赶往陕西关中的八百里秦川“赶麦场”割麦子。

素有贫困之冠、苦甲天下之称的甘肃等地农民，在就业渠道不畅、自身素质不高的境遇下，情愿出力流汗吃苦卖力，忍饥挨饿，流汗流泪，远走关中去干最苦最累的活。

记得在我十八九岁的时候，有一次在工作之余回家探亲，一个初中同村姓王的同学晚上来家串门。他从小不爱读书，初中二年级连续留级三年后，就弃学回家种地务农了。那天晚上，他聊了好多自己赶麦场的事。

王同学第一次去陕西赶麦场是初中退学后的 1982 年。农历四月底的一天，他凌晨两点起床，和同村的三个大伯一起从老家步行了五个多小时，赶到盐官车站，坐了一辆大班车，先到天水，然后偷爬到一列拉货的慢火车上，在“咣当”“咣当”的车轮中慢慢去往陕西关中。火车白天黑夜晃荡着行驶了两天两夜，王同学在火车上的煤堆里睡了两天两夜。第三天凌晨，天还黑得伸手不见五指，同行的大伯就摇醒他，慢慢爬下了火车。也不知走了多少路程，在一个村庄里，他和三个大伯被几户主家分开叫去割麦了。

第一次出远门赶麦场，王同学啥也不知道。他说：“这个叫我去割麦的主家有五十多岁，看上去很面善，他将我叫到麦地边上，指着一大片一眼望不到边的大麦浪说：就这一片是他家的，有四亩，你若不相信可以用脚步丈量一下，他还说他和其他人家的行情一样，都是割一亩三十元，你是年轻人，力气大，不管你几天割完，这四亩给你一百二十元，行不？我心想：自己第一次出远门当麦客，又不会脚踏着丈量计算麦田面积！再说这主家也不像个骗人的。我抬头看了一眼天空毒热的太阳，就拉开架势，往手心里吐了两口唾沫，脱光了上衣，弯下腰开割了。那一年我刚十六岁，身体还没有发育全乎，可我长得结实，加上年轻，下力气不知道歇缓，第一天还好，到第二天下午，腰就疼得直不起来了。到第三天中午，主家提来了一瓦罐白面长面条，在滚烫的日头麦地边，我没要主家拿来的大口碗，双手端捧着瓦罐，一口气吃完了不知能盛几碗的长面。眼看着地头还剩余不到二十多米长的金黄麦子，我想着再加把劲流几身汗水，一百二十元就赚到手了！”

王同学眼角挂着泪花，长长地吸了一口拿在手上的水烟瓶嘴，缓缓地吐出一口浓浓的烟雾，接着说：“我没歇气，忍耐着钻心疼断的腰身，继续往前割，想着哪怕死到这麦地头，也要把这最后的几米长的麦子割完。割了有一米多长，我回头一看，五十多岁的主家正在麦埂边的一棵大树下纳凉，一边悠闲地抽着纸烟一边哼唱秦腔呢！我心想：我啥时候能过上主家这神仙般的日子，那就是我家祖坟上真烧高香了！我一边想一边下死力气割麦子！眼看着还剩余不到五六米长度的麦子了，可能是大中午太阳太毒，我眼前一黑，一头栽倒在麦地上。

“不知过了多少时间，我慢慢苏醒过来，睁开眼了，我正躺在树荫下。五十多岁的主家大伯正朝我皱着眼眉毛叹息呢：‘你娃太

年轻，不知道割麦要歇缓着来，这么毒热高温的中午，你娃要歇缓一歇缓再割，把娃身子骨熬坏了咋整？'

“那一回，我差一点把自己的小命搭上了，但好处是那个关中的主家老大伯，人心肠好，我割完那四亩麦子，大伯一分不少如数付给我一百二十元钱……

“等我从关中开始一路从东面向西赶麦场，一天天慢慢往老家走，快一个月了，也距离老家渐渐近了。那一年返回的路程中，发生了一件太悲苦的事！有一个我们同乡镇的陈姓麦客，他偷爬上了从宝鸡往天水开的慢火车。快到天水火车站了，他怕车站上检查车票，就想着早点下火车。眼看火车道边有一堆一堆玉米秆，想着跳下去到玉米秆上不会摔伤。哪里知道，那一堆一堆玉米秆下面覆盖的是一锅一锅刚熬好不久的沥青油，当时养路工人正在铺油公路面，中午休息回去吃饭时，怕沥青外露危险，就临时从路边的玉米地里抱来玉米秆把沥青锅覆盖住。这陈姓老乡不知道下面的危险，从火车厢上一下子跳了下去，正好落在玉米秆下的一锅沥青里……”说完这些，王同学大声叹气，一大滴泪水从眼眶边掉下来，我也暗自伤神起来。

据考证，麦客有五百余年的历史，每年最多超过三十万人。明清时代关中地方志记载，到了麦子成熟季节，当地农民翘首盼望麦客到来。麦客从西部来到东部，“良莠不一”。《清诗纪事》中提到，百分之九十的麦客来自甘肃，成群结队，肩背包袱，手拿镰刀，受人雇用。从同州（大荔）到西安，再到凤翔、汉中，最后取道阶（武都）成（成县）回家。

随着时间的流逝，麦客越来越多。他们虽然不是在自家地里收割，但从黎明到天黑，却比有地的主人还要辛苦。趁夜晚赶路，徒步走过一村又一村，一县又一县，跋涉数百上千里地，他们几乎走遍了关中农区的主要小麦产地，却没人问过他们的姓名籍贯。虽然工钱较低，每天只有几十元，但是主人以家常蔬菜和家酿薄酒招待，麦客也觉得满足。男麦客的腰间别着镰刀来割麦，女麦客也健步如飞，他们筋骨强壮不会吝惜自己的体力。也有地方官吏出于治安考虑，对其成群结队大规模流动表示担忧予以查禁，但因为关中农区对于劳动力巨大的季节性需求而难以禁止。西北贫困地区农民认为在外吃苦受累是男人的事，但麦客并不是男人的世界。自古麦客里就有女把式，大都是夫妻麦客，也有单个跟同村人一起出来的。女麦客常受到较特殊的照顾，不用砍价，只跟着割麦。也有年轻夫妻带小孩子出门割麦的。

麦客遍及陕、甘、宁，关中是最大的集散地。他们最早发端于陇东、平凉、庄浪、张家川一带，来源地区主要为关中西北部、甘肃陇东和宁夏西海固（西吉、海原和固原）及同心县。

麦客外出割麦叫“赶场”，易地待雇叫“转场”。陕南麦客多就近赶转于关中南部和西安地区，陕西西北各县麦客多就近赶转于咸阳地区。来自甘肃、宁夏的主力麦客，贯穿关中平原及泾渭流域，由东向西转场，直至一天天割回家乡。

甘肃东部的陇南、天水、平凉等大山深处地区的麦客分南、北、中三路，经陇海线、宝中线和 312 国道，涌向关中麦区，一般不出潼关。20 世纪 90 年代以后，甘肃、宁夏已有麦客东进河南三门峡、洛阳、巩义等县市，陕西麦客仍不出省域。所有麦客都循序返乡，东进西退，每年来回两千余里。高原腹地不通铁路、公路的年代他们全靠步行，一程来回四五十天。现在以车代步或车步并行，行程月余。

除甘肃麦客下陕西外，西北地区省内也有麦客。天山谷地巴里坤草原，小麦种植面积较大，哈萨克族麦客凭借给人家割麦子能挣够一年的口粮。主人除付给麦客小麦等应得报酬，还奖励一只肥羊。地处喀什噶尔绿洲西北部浅山区的疏附县，2004 年四千多农民从邻县麦田赚回三十余万元。《白鹿原》里黑娃也只在关中白鹿原本地割麦子，麦收期间一个月赶场可挣平常两个月工钱。因经济条件和打工性质所限，麦客大多穿着简陋，“衣衫褴褛”，随身几件旧衣衫备冷暖阴晴。头上一顶草帽，一把镰刀钩着一个化肥尿素袋子搭在肩上，袋里装着一件烂棉袄或一床薄被，算是麦客的全部行囊。初次出来“逛世事”的年轻麦客爱美，特意穿上崭新的布鞋或衬衫。在都市五颜六色的人群中，显得十分扎眼。

麦客在五黄六月挥汗如雨，全靠体力、耐力和脚力。面对超负荷的重体力劳动，能多吃才能干重活。能干的麦客每天可割一两亩麦子，吃四五斤饭食，走几十里夜路。麦客自称赶场是“挣钱不挣钱，挣个肚儿圆”。他们从贫瘠的黄土高原来到八百里秦川，能吃上白面条，便自称过年。他们常把馒头省下来，带回家去给老人和孩子吃。麦客外出赶场，常自带烙饼和干粮炒面。为了提神解乏，麦客喜欢喝又浓又苦的罐罐茶，味道几乎与果树叶没差别。也有人为了节省，劳累一天只买一包方便面，坐在犄角旮旯喝自来水。主人雇麦客，一般管过夜。晚上睡觉有时是临时搭的地铺，有时是主人家闲弃已久的窑洞或久未住人的土炕。也有不管的。第二天麦客还要赶到附近的集镇，等候新雇主。

下雨天麦客最难熬，没活干，没钱赚，没得吃，没处住，就无奈而又悲哀地用睡觉来打发这倒霉、无聊且漫长的日子。他们找块空地，解开随身背的尿素袋，取出破毡铺上，盖上棉袄，就疲乏得再也动弹不了。有的不铺不盖，倒头和衣而睡。麦客无论老少都身强力壮，只要找到一块能遮风挡雨的平地，铺上几张旧报纸，就能舒舒坦坦地进入梦乡。下雨天街道两侧的墙角、城乡接合部的立交桥下或尚未完工的建筑工地，横七竖八躺满了麦客。

近年来，随着机械化的推进，留给麦客的余地越来越小，麦客的数量也逐年减少。

千百年来，麦客自编自唱，形成一种叫“洋燕麦”的歌，陇东味的，不像花儿，也与秦腔不同，字字声声饱含着悲凉忧伤。麦客们喜欢这属于他们自己的歌，割累了唱，走乏了唱，星夜兼程撵夜场时也在唱，忙了唱着提精神，闲了唱着打发寂寞。几个世纪以来，“嗨哟哟，一年盼个麦儿黄，不想婆姨不想娘”之类凄凉悲怆的歌声划破寂静的夜晚，忧伤而孤独地回响在关中的大地上。苍凉、幽婉的“洋燕麦”是属于麦客的歌，是让麦客“长精神”的歌。这些方言色彩浓厚的歌带给一代代麦客梦想与希望。作为草根社会的民俗之一，麦客的存在即将成为历史。

在被收割机替代前的漫长岁月里，麦客已渐次远离人们的生活和视野，这是历史进化的必然，这个曾经刻记在岁月深处的印痕，将会渐行渐远。

第四篇

阅读临帖

阅读的习惯

古今中外，大凡有所成就者，无论是伟大的导师，还是为人类作出杰出贡献的科学家，无不都有一个共同的爱好：读书，多读书，读好书，善读书。

我们中国有句古话：“秀才不出门，全知天下事。”古代人由于交通和信息的限制，大多数人都难以获知外面的新鲜事物，但是秀才依靠大量的读书来知晓天下事，完善自我，提高修养。唐代著名书法家颜真卿说：“三更灯火五更鸡，正是男儿读书时。黑发不知勤学早，白首方悔读书迟。”他自幼勤奋好学，多读多学，广泛地向历代书法名家蔡邕、王羲之、王献之、褚遂良等汲取营养，经过融会贯通，形成了雄伟刚劲、大气磅礴的独特书法风格，被称为颜体，他的书法在中国书法发展史上起到了承前启后的作用，对后世影响极大。

高尔基说："书籍是人类进步的阶梯。"他十岁就开始赚钱养家，做过厨房、轮船和工地上的杂工，当过面包店的学徒、铁路职工、售货员等。无论多么艰苦恶劣的工作环境，他都坚持勤学苦读，先后创作完成了《童年》《在人间》《我的大学》自传体小说三部曲，以及大量的文艺理论、文学批评和政论文章。读书给我们平淡的生活注入了新鲜的空气。读书使我们变得睿智，远离愚昧；变得宁静，远离浮躁；变得深邃，远离浅薄。读书让我们的世界变得充满趣味，让我们的心灵更加充实。

读书，让我们找到与智者交流的捷径，开拓视野，增长知识。读书，让我们的人生经历豁然立体起来，思维不断充实起来。读书，让我们学会客观辩证地看待事物，不冲动，不盲目。读书，是一种品味，是一种心灵的碰撞，让我们眼前的世界如此五彩缤纷！

让我们一起来读书吧！让我们的工作中渗透书的高雅质朴，让我们的家庭弥漫阵阵书香，让书香伴我们一路前行，让读书成为我们生活的一种习惯。

阅读的气质

上中学时最喜欢朗读的课文是茅盾先生写的《风景谈》，其中有一段最经典：

> 自然是伟大的，人类是伟大的，然而充满了崇高精神的人类的活动，乃是伟大中之尤其伟大者。我们都曾见过西装革履烫发旗袍高跟鞋的一对儿，在公园的角落，绿荫下长椅上，悄悄儿说话，但是试想一想，如果在一个下雨天，你经过一边是黄褐色的浊水，一边是怪石峭壁的崖岸，马蹄很小心地探入泥浆里，有时还不免打了一下跌撞，四面是静寂灰黄，没有一般所谓的生动鲜艳，然而，你忽然抬

头看见高高的山壁上有几个天然的石洞，三层楼的亭子间似的，一对人儿促膝而坐，只凭剪发式样的不同，你方能辨认出一个是女的，他们被雨赶到了那里，大概聊天也聊够了，现在是摊开着一本札记簿，头凑在一处，一同在看……

时隔多年，到现在眼前一直闪现着课文中一对恋人在大雨天读书的场景。是雨天，是山野，是悬崖峭壁下那种忘情的阅读一直感染着我……

不读书不会得病，不读书你照样可以刷微博、微信、公众号。你被早安帖、晚安帖闪闪发光的句子惊艳到，你被公众号文章一套一套的说辞打动，你转发、点赞、收藏，然而你收藏的只是小编们从经典书籍的瀚海中摘出来的点滴。那些让你惊艳的句子和说辞，在经典书籍里密集排列着，还有成千上万躺在图书馆里、书店里，然而你不知道，你永远无法亲手打捞那些好东西。

诺贝尔文学奖得主大江健三郎不仅是一个作家，更是一个花半生来阅读的人。而他人生阅读的起点，是九岁时母亲让他读的鲁迅作品。2006 年，大江健三郎来华六天，做了三场演讲，全是关于鲁迅的。“十二岁时第一次阅读鲁迅小说中有关希望的话语，在将近六十年的时间内，一直存活于我的身体之中。”而鲁迅一生阅读过四千二百三十三种书籍。通过读书，鲁迅与希腊、英美、德国、日本的文明神交。

你去旅行，在北京故宫博物院、八达岭长城，在西藏布达拉宫，在黑龙江漠河，在绍兴周庄等，你的耳朵能听到的，只是导游的仓促介绍；你的眼睛能看到的，只是标签上的介绍文字，你对它们的前世今生都说不出口；你的脑海中如同白纸——如果之前你不曾了解与之相关的历史、文学、地理知识，那么在发完朋友圈之后，附着在那个地方的光环就会随之消失，从此与你没有一丝关系。

瞧，你不读书依然游行漫步自如、顾盼生姿，但那些厉害的警句、思辨的乐趣、神交的文明、精神愉悦的高潮体验，统统与你无关。

人类的诸多习性之中，最能提升智慧的是阅读，它让人穿越时空和国界，随时随地感同身受。读书者像一个旅人，来到现实中根本无法抵达的精神世界。

当一般旅行者热衷于去古镇古迹老街高山大河时，如果你去的是古镇古迹，欣赏的是一幅古画、一首古诗，犹如登上岳阳楼欣赏流传千古的《岳阳楼记》，一边吟诵“予观夫巴陵胜状，在洞庭一湖。衔远山，吞长江，浩浩汤汤，横无际涯；朝晖夕阴，气象万千……”一边观赏明朝书法大家祝允明挥写的草书原文，再放眼浩浩长江，身临其境，那么你所经历的，将是一个完全不一样的岳阳楼，有一种别样的情怀、别样的感受，这是不阅读者无法体会的一种境界。

人生的不同阶段有不同的读书趣味。年轻时读书爱幻想，尤其爱读小说，常常沉迷在故事中不能自拔；到了中年，你最想啃读的可能是哲学书，为的是参透人生的道理；而到了晚年，眼力不济的你也许只想读历史书，算是千帆过尽之后的回望和感悟。

杨绛先生将读书比作串门儿。“要参见钦佩的老师或拜谒有名的学者，不必事前打招呼求见，也不怕搅扰主人。翻开书面就闯进大门，翻过几页就升堂入室；而且可以经常去，时刻去，如果不得要领，还可以不辞而别，或者干脆另找高明，和他对质。”

很多领域的一流作品，要做足准备才能领略它的妙处。比如陈寅恪的《柳如是别传》，历史系二年级本科生读起来会辛苦死，但对于博士生来说，这应该是必读书。再精湛的医学美容，也无法像读书一样，令你整个人都脱胎换骨。作家林清玄将阅读直接描述成“生命的化妆”，“再深一层的化妆是改变气质，多读书，多欣赏艺术、多思考，对生活乐观，对生命有信心，心地善良，关怀别人，自爱而有尊严，这样的人就是不化妆也丑不到哪里去，脸上的化妆只是化妆最后的一件小事”。

经过阅读的精心装扮，你的知识储备，思考能力、逻辑条理以及待人接物方式都变了，读书让你变成了更性感的人，更有气质的人。

读书的感觉

年岁在增，记忆力在减，这是自然规律！读过的书绝大部分随风而散，犹如朝露。于是问题来了，既然记不住，为什么要读呢？读了又有什么意思呢？

想起一个秋天的夜里，读着书，依稀记得是余光中先生的文章，写“雨”的。静静的夜里，窗外突然响起了淅淅沥沥的雨声。文字讲述着自然的美好和奥妙，自然回应着文字的流动和高洁。

那一刻，谁都拦不住我。在雨声里，我轻轻地读着那篇文章，读得陶醉不已，读得心花怒放。

原来，我可以忘了读过的书，却忘不了读书给自己带来的感觉，胜却人间无数的感觉。

也许某一天，我老得连读书时的感觉也忘了，我想我还是会读书，会通过读书寻找失去的感觉。读到好书时，用笔画线；读到精彩时，拍案叫绝；读到动人时，潸然泪下……每一种感觉都是那么美好!

宋朝诗人黄庭坚云：三日不读书便面目可憎。久不读书就被眼前的苟且束缚了。为了让思想抵达更远的地方，为了飞上更高的天空俯瞰大地，只有在书籍里行走，在文字里飞翔。

读过的书哪儿去了？它们没有在我们的记忆库里留存太久，它们幻化成我们嘴角从容的微笑，幻化成我们看待万物的眼神，还有思维的方式、处世的态度，这些皆让我如获至宝，又哪管书来书去呢？

经典阅读

仔细了解年轻一代阅读中外名著的数量，我们会发现，很少很少，与我们少年和青年时期阅读的经典名著相比更是不可同日而语。分析起来，固然有课程多、作业重等客观因素，但最主要的是我们的引导和社会利益驱使所致。

面对市场经济的冲击，人们凡事讲实用、讲效益，本也无可厚非。就算文学书是闲书，是读了不挣钱的书，是不是就可读可不读呢？文学可以是闲书，然而闲书不闲。在一次会议上，华人作家白先勇说：文学高于一切，文学最能够投射一个民族心灵精神的力量。文学是非常重要的情感教育，如果没有文学的教育，人还处于野蛮的时代。文学的功用非常重要，最能够弥补任何历史或者政治造成的创伤。

眼下我国每年出版三四十万种图书，如何从中选择最值得看的书，是读者面临的一个难题。国家广播电视总局此前组织开展的中华优秀传统文化普及图书推荐活动，对广大读者来说，好比一场及时雨。它重点推荐了一批挖掘和阐发中华优秀传统文化、弘扬传统美德的普及图书，如《中国传统道德》《中国文化的重建》等；重点推荐了一批整理和解说具有较高学术价值和文化传承价值的古代文化典籍，如《宋诗选注》《论语译注》《中国古代物质文化》等；重点推荐了一批激活中华优秀传统文化生命力，增强其凝聚力和感召力的普及图书，如《人间词话七讲》《吴小如讲杜诗》等；重点推荐了一批有利于展示中华文化独特魅力的普及图书，如《中国文化要略》《我们的文字》《茶经述评》等。

莎士比亚说："书籍是全世界的营养品。"如果我们认同这一点，经典名著更是营养品中的"极品"，怠慢不得。

我们要通过阅读提升思想性、正义感、艺术性，我们要读新意盎然、古意浓郁、妙趣横生的高品质之作，并将其作为全民阅读的主要内容，使其成为自己生活的一部分、生命的一部分、高雅享受的一部分、岁月静好的一部分。

在这个网络及信息飞速发展的时代，浅阅读可谓是盛行一时，一边是快餐式、碎片式阅读的轻松，一边是慢读、细读的沉重，经典自然免不了给人一种曲高和寡的感觉。就阅读是一种学习、一种对自我的提升而言，浅阅读并不是真正的阅读，长久沉浸在浅阅读习惯中，也只会让人离那些好的书籍越来越远。就经典阅读来说，不仅关系个体成长，更关乎民族未来。它可以提高全民族审美意识和审美能力，提升整个社会道德水准，凝聚民族力量。

我认为，经典名著之所以称其为经典，正是在一代又一代读者阅读中传承的结果。我一直喜欢经典阅读，也一直保持着在出差、旅途中拿一本经典书籍阅读的习惯，多少年了，也是在旅途中阅读了大量的经典名著。读书对于生命个体来说，是一种文化滋养，而对于整个社会来说，是一种内在的精神驱动力和凝聚力。一方面，在今天这样一个传媒发达的时代，有人肯以阅读作为消遣就已经不错了。但经典阅读的意义显然不在于此，而是事关文化传承的历史责任，是一件必须严肃对待的事情。如果今天拒绝阅读经典，无异于斩断了历史传承，自绝文脉。另一方面，只是呼唤对经典的珍重，显然不如对于经典真实的理解更为重要。在快节奏的生活时代，在追求经济利益最大化的同时，更需要这种内在力量的支撑，而坚持对经典的阅读，能很好地调节和平衡个人与社会、生存与生活的压力，培育一个社会良好的道德风尚与精神特质。

让我们重拾经典，在经典中体悟人生，在经典中提升自我。

幸福阅读

特喜欢捧一本心仪的书，泡一杯茶，找一个僻静处读书。

快乐地阅读，幸福地阅读。

读完梁实秋先生的《书房》一文之后，我开始期待新房子那个书房的设计模样：两壁挂满自己写的书法，一壁有书柜专门放置宣纸、笔墨、书帖——我购买了许多书帖，有王羲之、王献之、张旭、怀素的。然后有一张大大的书桌，可以让我尽情地看书，既可以摆上笔记本电脑写作，也能铺上毛毡练习书法。

其实，我没有半点附庸风雅的意思，家里现在确实需要有一个书房来放我们的书，近一千本书零落地堆在小书柜、飘窗、床头等地。我喜爱读小说、哲学一类的书籍，妻子爱看散文一类的，每年的《读者》精装版摞了七八堆。孩子的主要是读大学、课外阅读和音乐方面的书籍比较多，我们各看各的书，有时也会就某一问题交换意见。总之在我们家，书是最受欢迎的“来客”。

读书是要讲究一点环境和心情的。开着电视机，或是玩着手机，那读书这件事自然谈不上有什么好的效果。有些时候，孩子在写作业或是静心看书，大人如果刷着手机，还时而嘻嘻哈哈一下，那孩子的专注力自然会有所减弱。因而，最好的环境是一家人都读书。

如果现在读书还需要拿“书中自有黄金屋，书中自有颜如玉”这样的道理去激励，那读书之中的无穷乐趣是肯定体会不到的。捧着一本书，细品漫读之中，你仿佛和作者、作品中的人在同一维度对话交流。如有这般意境，你是真的进入了读书模式。读的时间越长，次数越多，读书带来的愉悦感、幸福感就越强烈。当我们脑海中某种理念与书中哲理思想不谋而合时，你潜意识里就会去选择与先贤为友，与学者为友，与众多英雄豪杰为友。

在读了很多诗书，明了很多知人论世的道理以后，渐渐地你会领语到，读书的最大好处是能够把别人的知识、学问、道理，与自己主观的理解、感受，甚至是教训结合起来，然后化天地为境界、化知识为格局、化学问为胸怀，化道理为智慧，这些，无形之中成为我们每个人的立世之本。

读一本书，倘若不假思索，囫囵吞枣，没有在心里产生印痕很深的共鸣，到最后你只是记得书名和作者是谁，那说明你有可能把读书当成了作秀。我们读书一定要有善于独立思考的主动性，这样才不会成为一个死记硬背而不会学以致用的“书呆子”。

常读书、多读书、读好书，把它当作每天吃饭睡觉一样的正常事来做，最终，无论是阅读本身，还是求知积累过程，取悦的都是我们自己。一个最有说服力的证明就是你能把一些繁杂的问题、复杂的过程，用简单的讲述、简约的结果告知众人，让大家享受到文化带来的简明、方便和实用，深切感悟到知识改变生活和命运的力量。

读书如此，我们立身处世同样如此。

学书消日

书法，我从小就喜欢，但把扎实临帖当作一件长期的事来做，还是一个偶然的机会。七八年前，几个老乡一起聚会，其中有一位德高望重的老大哥，是我们全省有名的书法大家，说到兴头上，有人提议让老大哥教教大家书法，结果大家兴致极高，不出一个月就开班开讲，老大哥也不收学费，为的是给老乡们传授书法技艺。

随着老大哥深入浅出、耐心细致的讲解，渐渐地，我发现几千年来祖先流传下来的书法有如此高深的奥秘，有如此博大精深的技艺，不知不觉，我竟然沉迷其中，每日临习成了一件必不可少的事情。

一晃七八年过去了，日日临习，苦苦坚持，沉湎于书法艺术中，但有时感觉进步甚微，且止步不前，心灰意冷……

在即将放弃临习的时候，有朋友说，现在是科技飞速发展时期，电脑的普及和运用代替了祖先留下来的书写习惯，要成为一个书法家，写一手漂亮的字，对于那些因电脑而失去手写功能的人来说，是多了一种遣怀的本领。听了朋友的劝解，我仿佛一下子从中解脱出来了。

“其愈久益深而尤不厌者，书也。至于学字，为于不倦时，往往可以消日。”欧阳修以平常的心态看待书法，以为学书就是使日子更好过一些。

欧阳修的学书过程成为一个轻松的艺术之旅，无目的，也无近期远期追求，只是每天快乐地研习古帖，以书写为乐。现在，我发现像先辈们学书消日的人并不多，更多的人是设置一个追求的目标，努力追赶。如果换一个角度，把书法作为调节自己生活的一种方式，得闲时研墨行笔，乐在其中，那么过程就远比目的更能使人宽松。欧阳修虽然称不上书法史上的名家，许多后人也不以欧书为范，但是他的“学书消日”说，丰富了自己的精神生活，使过程变得有滋有味。

当代书坛与古代书坛相比，就是以竞赛来调动人的积极性。一年间无数名目的竞赛，要评出金银铜奖，书法创作失去了从容优雅而急促起来。大凡书法竞赛前夕，通常是大张旗鼓地动员、办速成班、传竞赛取胜秘诀，美其名曰“备战”。如果一年参加几场竞赛，心态就松不下来了。老子说“圣人之道，为而不争”，书法也是如此。书法不是竞技项目，书法爱好者也不是运动员，他要在书法中感受古风，追寻古典的真趣。苏轼说得好：“自言其中有至乐，适意无异逍遥游。”一个人学习是为了让精神快乐，而不能因得失牵绊。

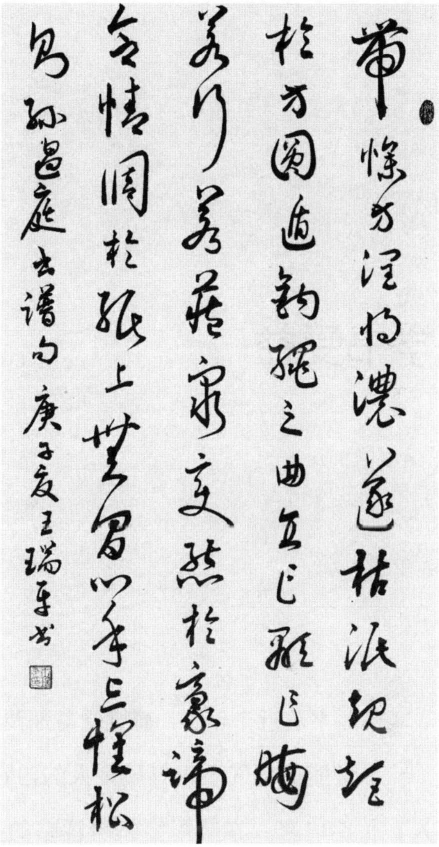

在释然、快乐中临习是我们这些业余书者的要旨。

书法是小技，娱乐即可，别太当真，但也关乎一个人的学识、觉悟、品格、德性，当然还有见识和胸怀。

书写的乐趣在于不断有新奇和有趣的东西从笔下出现，有奇妙的组合和不可思议的墨迹形象被自己制造，激动常在内心，快乐常在内心。

学书消日，以书为乐，这是我的学书观。

学书受益

临写书法近十年了，感觉受益匪浅。

书法能优化气质。气质是人的内在素质的外在表现。练字的人，长期以来，在临习字帖与读帖的同时，还要学习书法理论，研究诗词歌赋，以增加涵养，努力使自己的字有丰富的内涵，有浓厚的书卷气。随着书法水平的提高，思想认识水平、学识水平、审美情趣也会随之提高。练字的人往往给人学养丰富、言行高雅、气度不凡的感觉和印象。

充实人生。在物质生活达到一定程度后，越来越多的人想方设法通过各种手段来丰富文化生活，提高生活质量，以消除乏味、单调，排遣孤独，使生活更有意义、更充实。学习书法无疑是一项明智的选择。练字的人，全身心投入书法中，往往烦恼皆消、宠辱皆忘，生活会很快乐、很充实。特别是空闲时间较多或退休的人，一旦爱上书法，会使你退而不休、空而不闲，在挥毫泼墨之际，心情舒畅，怡然自得。

活跃思维。众所周知，脑子越用越灵活，临习练字的人展纸挥毫，斟酌推敲，需要全神贯注地思考和专注构思，大脑一直处在兴奋之中。医学专家证实，练字的人勤于思维，常动脑学习，会使大脑得到相应的锻炼，可以达到调节机体功能和抵抗衰老的目的，有效促进大脑组织的活力，增强记忆能力。

消除疲劳。练习书法，是一种动与静的运动过程，与体育运动中打太极拳、练习气功等有着异曲同工之妙，从中取得的锻炼效果是不言而喻的。在展纸挥毫之时，人体配合默契，身体各部位的肌肉和关节，甚至腰部也都相应地得到锻炼。

调节情绪。临习练字对磨炼习性、调节情绪、培养镇定和缓的性格有益。现代生活节奏加快，高强度的工作负担与周边环境的复杂，容易使人的性情烦躁不安。而在工作繁忙过后的空余之时，练习书法，吟诗作赋，能使人心旷神怡，使一天紧张的工作情绪得到调节，以此陶冶高尚的品格与情操。

遣情抒怀。在窗明心静、清雅安适之时，入砚储墨，潇洒挥毫，泼墨写意，倾情于笔端纸间，纸上春风笔上开。把情感寄托笔墨，通过书写抒发情怀，畅哉，乐哉！

结交朋友。爱好书法的人通过共同的爱好，走到一起，交流书艺的同时，增进了友谊，结交了朋友。

流动的线条

在父亲和大哥的影响下，我自幼酷爱书法艺术。工作之余，经常向甘肃省书协的老前辈、老师们请教，还与一些知名书法家学习交流，受益匪浅。近年来又在陇南老乡、中书协会员田润土挚友的指导下，深入研读孙过庭《书谱》，夯实书法理论基础，反复临习王羲之、颜真卿、怀素及王铎等古代大家的行草名帖，从中汲取营养。在多年实践中，我了解、掌握了一些楷、行、草书写规律，提高了书法修养。

提到书法，不得不讲到千变万化的线条，正是这一个个错落有致的线条，才构成了一幅幅优美的图案。书法线条之所以富有神奇的表现力，是因为线条具有极为复杂的属性，诸如质感、力感、动感、立体感、节奏感等。线条是书法艺术的语言，是书法艺术的主要构成材料，所以在平时临写中，想要切实提高临习水平，就要加强质感、力感、立体感、动性、节奏感和中锋用笔的练习。

线条的质感

书法线条的质感，是人们在审美过程中，对造型物表面质地和量度的感受以及联想所达到的真实程度。书法线条无不具有一定的质感，有的粗涩凝重，有的细润华滋……《书谱》中所谓“重如崩云”“轻如蝉翼”；《笔阵图》中形容点画如“千里阵云”“高山坠石”“万岁枯藤”等，这是审美感受，其实表现的是线条的质感。

人们在欣赏一件书法作品的时候，往往所注重的就是线条及其质感。质感就是书法线条本体的形式属性，即符合传统法度线条的多种表现形式的组合诉诸人们的视觉感觉；就是线条的内涵丰富，耐人寻味；就是线条各种技术要素的体现。书法欣赏经验和创作实践证明，任何一件优秀的书法作品都是由具有质感的线条组成的，否则书法作品会索然寡味，失去存在的价值。

质感是通过怎样的表现形式向欣赏者传递信息的呢？我认为应依赖刚健、柔韧、朴厚、丰润、工稳、灵动、华滋、涩劲、稚拙、精到这十种基本的外在视觉表现形式。这些表现形式（或称质感要素）都能从经典作品中找到答案。《散氏盘》《张迁碑》《石门颂》朴厚、稚拙；《张猛龙碑》《龙门二十品》朴厚、刚健；柳、欧、褚的楷书和李阳冰、杨沂孙的小篆工稳、精到、刚健；赵孟頫、苏东坡的字丰润、华滋；《兰亭序》帖《十七帖》灵动、精到；《祭侄文稿》《书谱》及米芾的行书柔韧、精到、涩劲……正是由于线条质感的不同表现形式的相互杂糅，使这些作品各具千秋，历久不衰。

线条质感的不同表现形式之间，往往两种或两种以上相互统一，抑或相互对立。这些既对立又统一的线条之间同时处在一件作品甚至一个字体之中相得益彰，使作品变得丰富而生动。比如，朴厚、丰润与稚拙之间，刚健与工稳之间，灵动与浮华之间，柔韧与涩劲之间，都是密切相连或者是相互包含的。在一条墨线中有时会同时包容多重质感要素，使线条富有内涵而耐人寻味。又比如，刚健与柔韧、工稳与灵动、华滋与涩劲又是性质相反甚至格格不入的。但是，我们却不难发现这些相互对立的质感要素同时处在一件作品中而并不感到不协调。反而，正是由于它们之间随意、合理的组合，使作品的容量增大，时空拉长，变幻莫测，新意迭出。

线条质感的表现形式不是固定不变的。由于时代的发展和创作实践的拓展，人们的审美意识也在不断地发生变化。书法的创作趋向开放型、丰富性、多元化的态势。比如中锋用笔的沉闷与单调，对于善于探索的书法创新者来讲是基础，也是牢笼，因此他们渴望清新、鲜活、稚趣、生动的东西。由侧锋、偏锋笔法所产生的灵动、跳荡、飘逸的感觉，以及破笔、散锋和其他外露笔法形成的张力、活力和自然的肌理效果不也是十分绝妙的？龙门二十品、墓志、造像、晋人残纸、敦煌书法诸如此类更是备受宠爱。于是，流行书风形成阵阵浪潮，现代书法登堂入室……

线条的立体感

在中国书法的审美因素中，除布白结构外，线条的立体感是一个很重要的标准。历来评论书法都推重圆劲。劲，指的是力感，而圆指的就是立体感。中国书法用纸虽然有生熟不同，但使用完全不渗化的纸是很少的，所谓力透纸背，实际就是以书写时的渗化深度来表现线条的厚度。力透纸背的线条能够通过纸的半透明性，在线条边缘凸显立体的厚度感觉。而纸面一扫而过，墨色未及纸张深层的线条则完全没有这种厚度感。单靠“力透纸背”还只是造成厚度上的立体感。要达到圆的境界，则必须通过高超的用笔技巧才能表现出来。

我认为，书法临帖或书写中线条要有立体感，就应该做到巧用中锋和善于换笔。

巧用中锋。中锋用笔之所以容易形成圆劲的线条，是由于笔毫着纸时的压力分布。沿笔锋中心线压力最大，向两边副毫压力逐渐减少，造成深化程度及燥润不同，出现中间厚、边缘薄或中间润、边丝燥的细微差异，表现出线条“圆”形的立体感。

笔法就是使用毛笔的方法和技巧，古人也把笔法称为用笔或运笔，即笔毫在纸上的运行方式。毛笔在纸上究竟应该处于怎样的状态书写才能比较理想？这是毛笔字技法的关键，也是笔画写得好坏的最基本的法则规律。笔法是我国书法理论最重要的组成

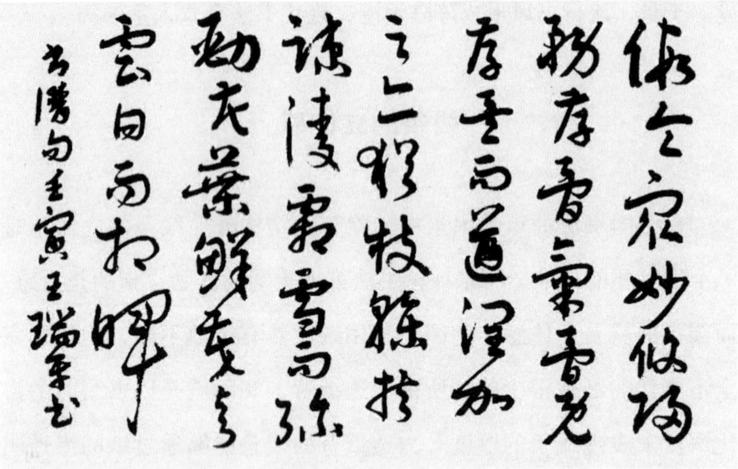

部分之一。据传早在东汉时期，蔡邕就著有《笔诀》，并一直被书家视为至宝引用至今。古代文人将笔法当作秘诀，决不轻易告诉人。据传有位叫韦诞的书法家，是蔡邕的学生，藏有蔡邕的《笔诀》，另一位书家钟繇想借《笔诀》看一下，遭到拒绝。钟繇为了表示诚意，竟用力捶胸到吐血昏死过去，然而终究没能看到《笔诀》。韦诞死时，把《笔诀》做陪葬品埋入墓中。钟繇派兵丁挖墓得到了蔡邕的《笔诀》，书艺大进。传说虽不足信，但足以证明笔法理论的重要性。

那么，蔡邕的《笔诀》究竟有什么奥秘呢？其中涉及书法技法、书家的情怀以及与外在物象的关系等多方面的内容，最关键的一句话是“圆笔属纸，令笔心常在点画中行”。这就是历来被书家一再引用，并视为毛笔字技法的重要法宝：中锋运笔。

中锋运笔是毛笔书写时的主要运行方式。蔡邕说的“令笔心常在点画中行”中的“笔心”指笔锋、笔尖。“常在点画中行”，是指经常在笔画的中间运行。由于毛笔是圆锥状态的，因此中间的笔毫要比两边的厚一些，墨汁多一些，所以写出来的笔画呈圆润浑厚的立体感觉，显得很饱满。这就叫“中锋运笔”。有时候虽然笔锋在笔画的中间，但是毛笔不是处于圆锥状态，而是像油画笔那样呈扁平状态，这时候写出来的笔画质感会显得扁平薄怯，因此蔡邕要在前面冠上“圆笔属纸”四个字。要使笔锋保持常在点画中行，就要善于换笔。换笔也称换向，指行笔过程中，遇笔画转折处，须提笔换锋转向（即把笔毫轻提，重复顿下，换向运行）。

如果书写过程中出现“扁笔”，一种方法可以将毛笔在砚池边上掭一下，使它回复到圆锥状态；另一种方法以执笔的手指将笔杆转动一下，使落笔时扁笔交圆；还有一种方法是在书写过程中用调节笔锋的方法使其变圆。不过，“令笔心常在点画中行”这种解释中锋运笔的方法，仍然令人觉得难以领会，因为具体书写时，笔锋已分布在笔画的中间和两侧，是很难找到所谓的笔心的。因此应该用另一种更精确、科学的方法来进行诠释，那就是毛笔在纸上运行时，笔腹处于运行的前方，笔锋紧随其后，始终重复在笔腹所形成的墨迹之上，为中锋运笔。中锋运笔时，笔锋到笔腹的方向与毛笔的运行方向一致。

用中锋运笔写出来的笔画，由于书写力度、速度的不同会产生不同的质感，大致分为两类：一类笔画边线光洁平整，如刀切的一样，古称“古钗脚”；另一类笔画边缘毛涩不平，如万年枯藤，古称“屋漏痕”，或称之为“金石气”。前者书写速度略快，用力平均，显示出刚健挺拔、富有朝气的美。后者书写速度略慢，比较用力，手指略有震颤，显示出遒劲涵蕴而又老成的美。初学者应该先练习前一种干净利索的线条，待熟练了再追求“屋漏痕”。实际上“屋漏痕”是功到自然而成的，决不是做作而成的，刻意用颤抖或扭动去做是不行的。

古人常用“力透纸背”“入木三分”来形容笔画线条。所谓“力透纸背”，是指书写时笔力雄厚，墨能透过纸背。老师检验学生毛笔字写得是否认真，往往将元书纸反过来看笔画中间的墨色是否吃透了，如果笔画的两头与中间一样黑，说明这个学生写字认真，不马虎。如果发现笔画的头尾是黑的，而中段部分不黑，说明这个学生写字草率，一带而过。“入木三分”，典籍出自王羲之，他写的祭祀祝版（木板），因要重写新的祝词，叫木匠将字削掉，结果削去三分才不见墨迹。说明王羲之笔力浑厚，墨能进入到木板三分那么深。“力透纸背”和“入木三分”，都是讲中锋运笔的力量和墨色实而不虚浮。

毛笔在纸上运行时大致有三种状况。不同的书体，对运笔的要求也不相同。篆书纯用中锋；隶书、楷书以中锋为主，侧锋为辅；行书、草书以中锋、侧锋为主，偏锋偶尔为之。由于笔毫是柔软的，因此有时落笔处于偏锋状态，运行过程中笔毫逐渐理顺调节成中锋。运笔的关键在于会使用中锋，会调节笔锋，令其保持中锋运笔，这就是笔法。

线条的“一波三折”

“一波三折”，日常指事情发生中的曲折多变，这一成语最早见于王羲之《题卫夫人笔阵图后》，“每作一波，常三过折笔”。

书法的第一推动力是汉字。深藏在汉字中的中国书法的基因是线条。比之绘画，书法中的线条具有纯粹抽象、独立的性质，由一画、二画、三画以至万画。线在运动中发展、丰富，实现完美的篇章。从宏观到微观的反复，我们会惊奇地发现线条的多样丰富性不但在“万画”，而且恰好就在“一画”之内。中国书法的线，是无数“点”的集合体。单独的“点”是线的浓缩，我们在书写时要把它当作“线”，当作一个生命体，有凝聚力、张力。白墙上的一个黑点，我们凝视着，会感到它似乎在移动。书写中的“点”有独立性，又同其他笔画一样附着于完整的字。“无垂不缩，无往不收”的原理和审美特性同样适用于“点”。我们把中国书法的线条看作是在矛盾中运行的，任何一笔运行中都有无数“力”的折冲，中国书法线条的基本特点可以表达为“一波三折”。中国书法历史的博大精深，实以精深为本。“精深”是我们继承的法眼所在，“博大”给我们的继承开拓了广阔的道路。“精深”蕴藏在“一画”深处，“博大”由“一画”而亿万画。

“一波三折”的概念扩大到传统艺术的许多领域，实际上是传统艺术一个重要的特征。在书法创作中，从一点、一画、一字、一行到篇章，都贯穿着“一波三折”的原理。大的波折中潜伏着小的波折，小的波折呼应汇集到大的波折之中。每一竖行，在作下垂的势态时，也随时有着向上回复与向整篇凝聚的意向。在一行之中，一波三折特别表现为波浪形的曲折，左右摇曳，在不断打破前面设置的“阻碍”中寻求对立的因素，以求和谐，到下一行，又与前一行寻求折冲协调，直到全篇完成，都贯穿着“波”与“折”的矛盾过程。“一波三折”的美学意义在于自觉追求统一物的对立面在矛盾中转化，达到艺术上的深厚、隽永，回味无穷。从“一波三折”的一点画到一篇章，都体现为一个封闭世界内部的循环往复，造成活泼的生命。

当下书法创作的空前活跃，也在很大程度上推动着人们的审美意识，丰富着形式美的内涵。不可否认，古往今来这些曾经在不同时期先后时髦起来的东西，不管它们在书艺的舞台上兴盛多久，每类或每件作品中都不容置疑地包含着十分诱人的线条。相对传统而言，我们说这些线条都是具有新的质感要素的。这些要素中，有的历久不衰而凝固成为经典的东西。这就是说，诸多创作者灵机一动，偶然挥洒出来而又经受了历史的冲洗被保留下来的、符合时代审美需求的线条，经过意识上的强化和技法上的磨炼，就会变成必然的、可控的线条，使书法之外原本野性的、粗率的东西转化到书法本体中来，从而不断地丰富着线条质感的内容。而那些不再符合人们审美情趣的质感形式也会像历尽千载而永固的岩石一般，难免被阳光和风雨所剥蚀、风化，最终成为粉齑与泥土。

学书悟

自从2015年我与几位同伴跟随书法大家秦理斌老师学习书法以来，一眨眼已经七年了。在这七年的学习中，我对临写书法有几点体会。

溯源。学习书法必须了解书法发展的渊源，从源头开始认识、学起，有助于把握正确的书法学习方向，加深对书法的认识和理解。书法是传统艺术，讲究传承、出处。我最痴迷行草，以为行草之宗必追“二王”。“二王”既是行草之源，又是行草最高峰。唐代以来的欧阳询、虞世南、褚遂良、薛稷和颜真卿、柳公权，五代的杨凝式，宋代的苏轼、黄庭坚、米芾、蔡襄，元代的赵孟頫，明代的王铎、董其昌，历代众多书学名家无不皈依“二王”。学行草若能从

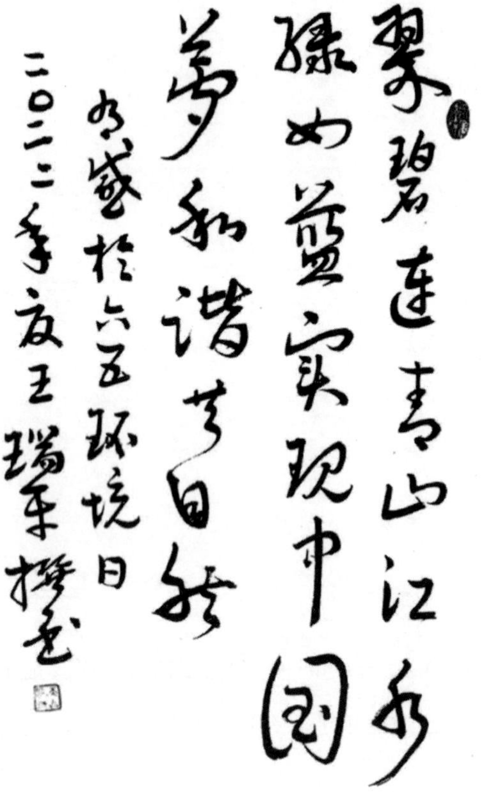

"二王"中得到一两处，便能受用无穷。

贵悟。练习书法贵在"悟"。俗话说，只学不悟，难得真谛；只练不悟，只练筋骨。"悟性"决定了书家的高度，从古至今，大多临学书者都只能算是书法的票友，甚至有些连票友都算不上。不少学书者即便是学书十数载或是数十载，终因悟性太差而抱终天之恨。我认为，学习书法缺少"慧根"的人是成不了大器的，而有“慧根”无“悟性”的引导，这“慧根”也会夭折。悟德悟功悟己，一个“悟”字，渗透书法之玄妙；一个“悟”字，筛尽世上无缘人！

沉静。书法是一门需要长期学习、钻研的学问。勤学苦练、博览群书，没有一颗沉静的心是不成的。“澄神静虑，端己正容，秉笔思生，临池志逸。”学书法须人静才能靠近古人，才能字静、境静，宁静致远。

博览。“十年寒窗”这种状态已经不适合今天的书法学习了。寒窗苦练、闭门造车只能造就书呆子。苏轼云：“退笔如山未足珍，读书万卷始通神。”胸中有万卷书，才能避免写字俗气，这也正是苏东坡书法笔墨之间洋溢的浓厚的学问之气是其他书法家赶不上的原因所在。在网络发达、展览频繁的今天，不仅要读书万卷，更要多看看，勤交流。很多时候，看看别人是怎么书写的，要比自己在家埋头苦苦钻研更有启迪和深意。

畅怀。王羲之书写《兰亭序》的过程应该是尽兴的。“惠风和畅”“游目骋怀”这种境界正是王羲之“魏晋风骨”之所在。有朋友说学习书法真痛苦，晚上也睡不好。我哑然失笑，没听说过古人学习书法有多痛苦的，人生有太多的烦恼，何必再多找一个学书法的痛苦，悲哉！不如放弃。书法学习应是快乐的：读帖、品茗、挥毫，满纸烟云，还真是人生一大乐事。

人书俱老。学书贵在积累、沉淀，正如绍兴老酒一般越陈越香。学书不能急，历史上能在年轻时艺术成就即被当世认可、推崇者实属凤毛麟角。白砥讲得好：书法学习的过程应该是始境

（稚拙）—雕琢（求美）—尽境（返璞）。当代不少学书者怀着超越历史发展轨迹的理想和追求，创作缺少底蕴的作品，是不可取的。我以为书法的最长时间应该是经历雕琢（求美）的过程，书家的水平在不断锤炼中成长，学识在不断感悟中逐渐提升，作品经受历史的考验，最终达到人书俱老的境界。真可谓历久弥新，愈挫愈坚，此乃书法的法度。

第五篇

与水为邻

窗外的黄河

记得 2006 年 2 月，刚过完春节，一纸公文将我调到了刚成立的省农信联社，负责办公室文秘工作。

我的宿舍在二十八层，透过北窗外林立的楼群，可以看见黄河水浩浩汤汤，日夜奔腾不息。

晚上吃过饭，我们一行四五个朋友，边聊天边散步，沿着金昌路向北三站路就到黄河南岸了。

黄河发源于青藏高原，一路穿山越岭，从刘家峡而下，流到金城，犹如一条金灿灿的玉带穿城而过，把美丽的兰州装点得美丽动人。市民们沿河两岸居住，黄河成了兰州市区最美的风景。

后来，我居住在黄河北岸，每天经过黄河大桥去河南岸的主城区上班。每每走在上面，我就想，它是怎么进入兰州市区的，又流向哪里呢？周末，我和几位同事相约去一探究竟。我们从中游一路溯流而上，初到中游的黄河水面不宽，平静如镜，清风徐来，碧波荡漾。稍微往上走，河道有了落差，河水忽而湍急，忽而平缓，特别是行至白马浪段，远远看见急流卷起层层白色波浪，飞花溅玉。

越往上走人越少，河两岸草木变得繁茂，有的树就长在河水里，树冠几乎与水面齐平，颇有水村森林的感觉。终于走到闸口，但见壮观的河水从闸口呼啸奔涌而出，白浪滔天，气势磅礴，令人精神振奋。

黄河有如此多的变化与景色，让人无法不爱它。

黄河一年四季美不可言。春天的黄河有一种朦胧美，远远望去如从天上而来。春末夏初的时候，河边焕发着勃勃生机，柳树枝头抽出嫩黄的新芽，沙枣树开着米黄色的花，散发着阵阵香甜气息。河水缓缓流动，隐约可看见河水里未消化的冰块。路边的蒲公英已经发出了小芽，几个小孩子在草地上追逐嬉戏，一派祥和的景象。

夏天是突然而至的，一来就那么热烈，阳光晒得人皮肤发烫，树荫下却是清凉的。这时节的黄河，蓝的蓝，红的红，白的白，绿的绿，色彩浅黄混浊，如同一幅油画。到了晚上，黄河又是另一番景色，退去了白天的燥热，晚风透着阵阵清凉，月光映在水面上，让人流连忘返。

对于兰州来说，秋天是短暂的，一闪而过，还来不及品味，冬天就到了。野天鹅如期而至，它们从遥远的西伯利亚飞来，来到兰州，来到黄河，在这里过冬。苍鹭也来了，灰头鸭、斑嘴鸭都来了，还有一些不知名的鸟儿，自由自在地觅食、畅游。河面上成群的鸟儿，引得岸边的人们驻足观望，小孩子更是高兴得不得了，唱着、跳着，伸着小手叫嚷着。

鸟儿也不怕人，飞过来与孩子们互动，天地间其乐融融。还有一些摄影爱好者，架着相机从清晨一直待到傍晚，随时都在捕捉美好的瞬间。

兰州全年降水量少，下雪天倒是很多，如果说夏天的黄河是一幅油画，那么雪天的黄河仿佛是一幅淡淡的水墨画，意境悠远。岸边的树木被雪装点成了雪树，雪中的河部分结了冰，河边的芦苇从一抹淡黄伴雪白，与半冰半水的河水交相辉映。点睛之笔是天鹅，白色的羽毛，黑色的眼睛，如雪之精灵，在河里畅游，在空中飞翔。如果说天鹅赋予黄河以生动，那么黄河则赋予兰州以灵秀，兰州因黄河而生生不息。

黄河因天鹅而有生机，一座城因河水而有灵气，因为一条河，我更加热爱这座城。

黄河岸边的思绪

黄河，你从远古走来，迈着坚实而雄健的步伐，日夜不停，汹涌澎湃，滚滚向前！

你奔向广阔的未来！将华夏儿女的豪迈、奔放和热情推向无尽的空间和时间交汇的长河之中!!

在我心中，黄河是奔腾咆哮的、圣洁而神秘的。儿时的纯真记忆里，这样的黄河景象早已扎根于我的心底，我一直企盼，一直向往，向往着能目睹一回！

时光荏苒，光阴飞逝。岁月的年轮已在我的生命中走过了三十多个春夏秋冬。我从甘肃陇南山区的一个小山村来到了祖国西北重镇——金城兰州，有幸住在黄河北岸，每天早中晚，能够亲身感受

黄河，遥看黄河的旋律，聆听黄河的波涛汹涌，体会黄河母亲五千年来的历史积淀和文化内涵，完成自我的心灵升华。

每每走过黄河大桥，看着脚下奔腾不息的浪涛，我对黄河的敬慕与热爱都会增加一分。

站在黄河岸边，任风吹乱我的鬓发，任风卷起我的衣角！初春料峭的寒风里，我宁愿站成一座雕像，让绵绵思绪随奔腾咆哮的河水飞向远方！微微闭上双眼，接受着春日的阳光，接受着春风的吹拂，任世间的一切按照它们自己的规律去运行，任我的思绪在这片泛泛的水域上，随着粼粼的波光，一起驰骋。我想，也许我应该回到过去，去看看第一批站立起来的猿人是怎样捧起黄河水的。

掬一捧黄河水在我手中，静静等待泥沙的沉淀。似乎让我看到的不是泥沙，而是母亲血液中不可消融的毒素，随着母亲的血液，一起奔流，一起向前。

掬一捧黄河水在手中，目睹母亲河混浊苍老的容颜，我心中有千言，我心中有万语。我该如何来表达我的千言，又该如何去诉说我的万语呢？

原本，我该平静。原本，我该沉默。可此时，我该怎样去平静，我该怎样去沉默！我无言以对，瞭望眼前的这一片水域，静静地流淌，缓缓地舒展，注入她的神圣之地——大海。去接受大海的净化，去接受大海的滋养，去接受大海的抚慰，恢复她纯洁的面庞和躯体，恢复她的容颜，恢复她的青春。

风继续轻拂，夹杂着友人的歌声，也夹杂着友人的欢笑，一起飘向她所能到达的每一个角落。自然是公平合理的，她会感恩于你对她的尊重与敬仰。同时，也会惩罚你的贪婪与荼毒，这是自然规律。当有一天，如果有人不再遵循自然规律时，将会得到自然的惩罚。

不要过分喜于眼前一时的胜利与成功，我们更多的是要看到未来的某一天、某一刻的生存空间是不是足以满足需要。眼前的利益固然重要，但是子孙后代的需要，人类社会的可持续发展更重要。现在的我们都要意识到，唯有合理的索取才是可行之道，也唯有用一颗善心、博大之心去回报才能弥补过去的错误。

掬一捧黄河水在我手中，尝一尝，是苦的，是涩的。

掬一捧黄河水在我手中，我用眼泪净化她；掬一捧黄河水在我心中，我用灵魂洗涤她……

我很幸运，能够住在黄河岸边；我很自豪，每天都能够感受黄河母亲的抚慰和爱恋！

如蓝之州

金城汤池，金城兰州，如蓝之州。兰州的夜神秘、诱惑，激动人心，也从不缺少故事。当穹庐月光绢柔，城市换上霓虹妆容时，那灿烂的底色上泼抹白塔白、铁桥彩、楼阁金，原本深沉的夜色便有了生命，给你带来另一种视觉上的惊艳。告别忙碌白昼的人们随着夜色蔓延，畅游坊间灯火星明，品味金城的韵律，顺势卸下紧绷的神经，舒展成最真实的自己。此时无论身处何地，经历亲情、爱情、友情，抑或是独角戏，均是真情流露的故事。

“兰州的清晨洁净整洁，夜晚温暖……”我畅游过许多城市，见过千城千面，还是觉得兰州的夜晚别有情怀。

兰州，是一座“有性子”的城市。清晨一碗牛肉面，大海碗牛骨汤，油泼辣子劲道面，再加香菜蒜苗萝卜片，用兰州话说就是“满福长精神”。就此，热气腾腾开始了车水马龙的一天。川流的人群将黄河灌进胸膛，有诗意亦有疯狂，穿梭在林立的高楼间，为梦想加油，为城市助力。直到华灯初上，这座城市开始释放大西北别样的柔美情怀。你会看到，不论是历经风雨沧桑的百年中山桥，还是后来的中立桥、元通大桥、小西湖立交桥、七里河黄河大桥，都在滚滚黄河之上璀璨夺目，它们组成一连串的彩虹链，将这里的山、水、人紧密融合。此时若站在巍巍皋兰山巅，你会发现繁星如豆、灯海如波，街道星罗棋布、高楼参差逶迤，狭长的兰州一眼望不到边。而金城关自然是让视线无法绕开的一道关，夜色中的灯光勾勒出这些依山而耸、面对汤汤黄河的古建筑群，让雕梁画栋、飞檐翘角的轮廓如梦如幻。夜晚璀璨的花灯给中山桥平添了一份雍容华贵，远远望去，就像一条威猛的金色巨龙横卧在黄河之上，与如织的行人、斑斓的灯火，璀璨成一派繁华景象。而白塔山上的白塔轮廓也挂上灯带，五彩多姿，倒映在水中，醉心迷离，默默俯视着脚下的塔影河声。黄河就这样在楼群与山脚间蜿蜒而过，河面上缓慢前行的休闲游船、泊在河边的古老羊皮筏子，以及矗立在岸边吱扭扭转动的黄河水车，都凝聚着历史金城的风采，娓娓诉说着丝绸重镇的过往。

低苦艾乐队在低吟浅唱金城温暖的醉酒，不知道从什么时候开始，到现在也没有结束。人们用白天过剩的荷尔蒙最大程度地换取夜晚的洒脱沉醉，酒精便是这场化学反应的催化剂。这座城市，最长的夜总有一杯酒陪你度过；这座城市，最陌生的人也会陪你碰一杯酒；这座城市，人与人之间温暖的发生，都在酒里找到了归属，大西北的豪放与温柔是喝不醉的故事。而兰州深夜的餐馆总有一种被治愈的感觉。不信你去正宁路夜市瞧一瞧，香甜的牛奶鸡蛋醪糟、滋滋的喷香烧烤肉串、爽口的凉面、浓香的羊杂，再加几个孜然麻辣的烤饼，来杯酸甜开胃的杏皮茶，人生百味尽在这四方弄里间，每一缕热气都是真实的人间烟火。酒足饭饱后，可在黄河风情线上漫无目的地游走观光，在灯火通明的游轮上品一杯清香的罐罐茶；可挤进狂欢的人群中跳舞，伴着河风听纯朴的民谣音乐；也可去黄河剧院看高雅的文艺展演，到德艺坊听捧腹的兰州相声……这样清淡闲适的夜生活总是花团锦簇，欢乐美好。而这些市井夜生活如同兰州的心脏，将城市各处一天工作的人们拥进来，补充生活的精力与能量，再输出到城市各处，完成疗愈的循环。

历史长河泱泱，生活辽阔纵深，中华大地从不拘于夜文化单一形态。金城人追求高品位夜生活，淬炼高质量夜经济。

打造高规格夜文化，三足鼎立互为推动，持续不断挖掘各类潜力，打造更高格局。在这里，一碗牛肉面带着兰州的纯正味道，一本《读者》叙述着兰州的文化，一条黄河托举着兰州的发展，一架铁桥承载了兰州的历史，一扎啤酒点燃了兰州的热情，一个夜晚包容着兰州的情怀。兰州人的“夜生活”是城市活力的象征，日益繁荣的“夜经济”已成为城市“软实力”的体现，照射着金城成为古丝绸之路上一颗真正的耀眼明珠。

“黄河的水不停地流，流过了我家流过了兰州……”金城虽然地处大西北，但它对于生活在这里的人们有着特殊的意义。尤其是夜幕降临，华灯初上的时刻，灯光投下倒影，河面上金子般碎裂，一切安静，唯有时间和水流匆匆。此时，漫步在金城街头，感受夜生活的另一重美学意义以及这座城市的热情活力，是一种有滋有味的独特延续精神的享受。这，可能就是许多人对金城最最留恋的地方……

金城关

兰州古称金城，有“金城汤池”之说。它群山环抱，固若金汤，所以得名金城，同时也比喻这座城池之坚固。

早在夏商时，羌族、戎族等部落已在此地活动。秦统一中国后，兰州归陇西郡管辖。汉唐时期，金城作为古丝绸之路上的重镇和要冲之地，在与世界各国之间的贸易中，起到枢纽作用，成为丝绸之路上一颗璀璨明珠。

据相关史料记载，早期的金城渡口在今西园区一带。公元前121年，霍去病在河西走廊出击匈奴后，即从金城渡口南渡黄河，返回长安。公元前61年，汉名将赵充国曾从金城渡口渡过黄河，平定西羌。三国时期，蜀国大将姜维出征魏国的狄道（今临洮），魏军也是从金城渡口东渡黄河，而后赶至狄道增援解围的。上述史料表明，在两汉至三国时期，金城渡口是黄河上游一个重要的军事渡口。从隋开始，金城渡口渐渐被金城关所代替。

据《读史方舆纪要》载："金城关，州北二里，当黄河西北山隘处，本汉置，阚骃《十三州志》：金城郡有金城关。"《元和郡县图志》记载，金城津始设于北周时期，旧址在今兰州市中山桥西1公里处，隋代改置为关，其目的是强化对河陇丝路上重要关津的控制。《重修皋兰县志》四册记："金城关汉置，隋有关官，唐因之，宋绍圣四年（1097年）重筑，明屡加修葺。"……志书说法不一，但金城关由来已久则是肯定的。

天宝八年（749年），岑参经兰州前往流州途中，题《金城临河驿楼》一诗：

古戍依重险，高楼见五凉。
山根盘驿道，河水浸城墙。
庭树巢鹦鹉，园花隐麝香。
忽如江浦上，忆作捕鱼郎。

很显然，诗人采用夸张的手法来描写他眼中的临河驿楼，但从中亦可看出金城关的气势和重要性。

岑参离开不久，天宝十一年（752年），边塞诗人高适从长安出发经兰州赶赴河西时，从金城关渡河，他留下《金城北楼》一诗：

北楼西望满晴空，积水连山胜画中。
湍上急流声若箭，城头残月势如弓。
垂竿已羡磻溪老，体道犹思塞上翁。
为问边庭更何事，至今羌笛怨无穷。

从作者的描写中可知，金城关附近除了临河驿，还有金城北楼及其城墙，这些设置成为金城关安全的保证。

北宋时期，兰州是北宋与西夏发生拉锯战的地区。这一时期，黄河河道逐渐北移，1081 年，北宋李宪率军从西夏手中夺回兰州后，开始全面加强对兰州的军事防御建设。宋神宗元丰六年（1083 年），北宋和西夏在兰州发生大战，在宋军的抵御下，西夏因粮草补给不足而撤退。在此背景下，北宋为了发挥黄河天险的作用，在黄河北白塔山下又重新修建了金城关，目的是防守黄河渡口。

对于西控河湟、接通西域的丝路重镇兰州而言，金城关当然是“一夫当关，万夫莫开”的至关要津，但这样一座雄关，在历史上并未免遭厄运，也是屡次修复，屡次被毁。

其中规模比较大的两次修筑是在明代。明代探花郎黄谏在他的《金城关记》中记述了正统十年（1445 年）重修金城关的情况，当时拓展了金城关的外围，修筑垛口，并且在关城内还修筑了真武殿。三十多年后，再次重修，这次将关城扩展到了黄河边，为了防止敌人火攻，在城门上还修建了注水孔。辛亥革命时，金城关建筑全部坍塌，仅剩一些遗址，史载最近的一次修复是在 1921 年，至 1942 年修建甘新公路时被全部拆毁。再后来，金城关已了无痕迹，只剩一段模糊的记忆。

对今人来说，金城关当时的雄伟和险峻，只能从岑参的诗中去想象。同时在我们想象中的还有戒备森严的关城、扶船相连的古渡和铁骑雄师的蹄痕，以及历代商贾、僧侣，士卒、驿使等无数身影。

沧海桑田，斗转星移。21 世纪初，兰州人在昔日的金城关遗址上设计修建了金城关仿古建筑群，命名为“金城关文化风情园”。

金城关文化风情园背靠高高白塔，俯瞰滔滔黄河，依山而建的建筑群与碑林，白塔山公园、中山桥等浑然一体，这里集聚有兰州彩陶博物馆、兰州非物质文化遗产等文化产业，园内能看到“白塔层峦”“五泉飞瀑”“河楼远眺”“古刹晨钟”等古景浮雕展示。

秦博物馆和非遗博物馆内陈列着古老的秦腔唱本、老杂志、老戏票、木偶戏箱、唐代戏俑、布艺、摊面制作、苦水木偶等种类繁多的文化遗产，这为外地商旅走进兰州、了解兰州的历史文化打开了一扇快捷的大门，使其成为显示金城兰州黄河文化、丝路文化、民俗文化的厚重名片。

昔日的金城关早已旧貌换新颜，金城关的历史也永远沉淀在时间的长河中。但风情园是一处年轻的长者，它依旧在诠释着金城关过往云散星离的随光碎影。

当你徜徉于白塔山下、风情园中，仿佛依然能感受到千年旅人与天地的对话，仿佛还可看到无数过关的匆匆行旅。是的，每个人都是自然界的匆匆过客，即使是雄伟的金城关也是时移更换。

邻居大叔

2019 年，我们一家从居住了十三年的草场街搬到距离黄河不远的一个小区，环境比较幽静，树木丛生，花草茂密，最主要的是，吃完晚饭可以在黄河边散一会儿步，看河水悠悠流淌。

到新家时间不长，隔壁搬来一位大叔，上下楼梯偶尔遇见。他七十多岁的样子，中等个头，面色红润，一头白发，无论见到谁，都乐呵呵的，从来都没见过他愁眉苦脸。

一次晚饭后，我在院子里的长条椅上和大叔聊天，他乐呵呵地说了他大半辈子的好多喜好。慢慢地，双休日我在家临帖练字时，大叔就来坐一会儿，也会评头论足提一点建议。

通过一年多和大叔的交流，我慢慢了解了大叔的好多事情。

大叔一辈子心态平和，作息规律，吃东西不忌口，偶尔也喝点小酒，但不吸烟。他能有这么好的体质，与他的生活起居、饮食习惯以及处世态度分不开。

大叔每天早上五点钟醒来后并不着急起床，先躺在床上搓搓脸、搓搓手，伸伸胳膊、蹬蹬腿，到六点钟准时起床，然后开始洗脸、刷牙、吃饭，待日出后，再到院子里走上半个多小时。

他到现在还坚持骑自行车，如果天气好的话，每天会到外面骑行一个多小时。骑车回来后就侍弄一会儿菜地和花草。吃完午饭后，通常会午睡一个小时，醒来后拉一会儿胡琴，唱几段秦腔。

大叔不喜欢看电视，每天晚饭后，静坐一个小时，然后戴上老花镜看看书、摆弄摆弄纸牌，再用热水泡泡脚，九点半便准时上床睡觉了。

大叔喜欢喝酒，但很节制，每次不超过一两。而适量饮酒可以促进血液循环，疏通经络。他喝酒前先要把酒倒入酒壶烫一下，喝酒时用过去的那种小酒盅，浅尝慢饮，很享受的样子。

大叔从来不挑食，吃的东西很杂，好在家人给他装了假牙，干果、水果都吃得了。他特喜欢喝茶，而且对茶饮也很讲究，有专门的茶具，买上等的好茶，绝不含糊。

大叔生活起居有规律，饮食合理，荤素搭配，才保持了营养的均衡，健康的体魄。

耳濡目染，不学以能。在与大叔的长期接触中，我的生活方式、饮食习惯也越来越健康化。

慢慢长大的女儿

我喜欢四月的天，明媚的春光里，河岸的青柳早已走过稚嫩，轻风拂面，湖光山色透明翠绿，一切都是成长的色彩。

牵起你的小手，我想带你出去走走，却发现，你的小脚早已放不进那双鞋子。你稚嫩的话语提醒了我："爸爸，再买一双吧!"我笑笑，说："你长大了!"你把头摇得像拨浪鼓似的，说："我不想长大!"

几年前，妈妈带着你去照相馆，我突然意识到你已经十多岁了，这几年，你是如何一点一点长大的，我怎么想不起来了呢？只记得夏天时你爱穿那套白色的裙子，冬天时喜欢把冰凉的雪花抓在小手里。现在，妈妈又为你穿上了白色的短裙子，你欣喜地转起来，可我发现那裙子已经小了，原来，长大都是不经意间的事。

一岁，两岁……我顾不过来那些细碎的日子，年复一年日复一日中，你在不知不觉中长大。我还清晰地记得你咿咿呀呀学说话时的憨态可掬，你把那些我们听不懂的语言说得像模像样，有时还因为我们的不理解而大发脾气！当然，这些你都不会记得，就像你不会记得我把你牵在手里学走路一样。

后来，你渐渐地长大了，我天天接送你于学校的路上，风风雨雨中，多少个日子已无法计算。那年春天，一样的春光，我却因为你的过敏没了心情，甚至开始讨厌那天空中飘浮的柳絮，我固执地认为，它就是造成你过敏的罪魁祸首，后来，医生告诉我："过敏的原因很多，也可能是一些动物的毛发引起的。但有过敏现象的人，往往是因为自身的体质较弱，平时要注意养成良好的生活习惯。"我终于明白过来，平日里，你很少吃青菜，有时脸上的皮肤有红豆豆，可爸爸因为经常加班都忽略了。

我数着这些记忆，就像数着你的成长，也像是数着自己的年龄，你长一岁，爸爸就又老一岁！

日子就这样流淌着，单位调我到省城工作，但我一直犹豫，只怕距离你很远照看不了你，一直推托。后来，领导谈话，实在不行就去了，只一年，就因为牵挂，因为不舍，只得千方百计把你接到身边，以便更好地照顾你。我知道，在这个年龄，你最需要的是什么；我也知道当你渐渐长大，我不会再有更多的机会来陪伴你。就着这一段春光，我等你慢慢长大，等你悄然开成一朵靓丽的花！

第六篇

心闲散步

凤凰古城

越过黄鹤楼的高耸，跨过韶山滴水洞的神奇，走出芙蓉镇的古色古香，在雾霭蒙蒙的黄昏里，为了我的凤凰情结，为了那份淡淡的焦虑，我来到了这里。

凤凰古城的夜晚别有风味，灯火明灭，江水悠悠，万头攒动，游人如织。我与友人漫步在那条流淌过几千年文明的沱江边，桥、塔、吊脚楼、小船，倒映在闪烁跳跃的江面，既陌生又似曾相识，缥缈在江面的晨雾让我如身处仙境。

独自徜徉在古城的流光溢彩里，使我忘却了返回宾馆的时间。从 20 时 30 分到第二天凌晨 1 时 40 分，我一直留恋在古城的街角。我静静地沿着沱江的石板路走，仿佛听到了石板呼吸的声音，

可是思绪却有如潮涌。民国第一任民选总理熊希龄的胆魄和正气，著名作家沈从文的睿智，著名画家黄永玉的潇洒、幽默和大气不都是被这一方水土滋养过吗？还有那摆渡的老人、美丽迷人的翠翠、众多的水手和山民不也被这一方水土滋养过吗？

我穿街走巷来到了古城墙。据说古城墙建于清康熙五十四年（1715 年），由于时代久远和烽火战事，如今只有北门城墙了。城墙依江而建，前临清澈的沱江，后护厚实的古城，既有军事防御功能，又有城市防洪功能。即便过了几百年，到现在它还有很高的观赏功能。

城内那条清一色石板铺成的、记录着古城年轮的光溜溜的老街，老街两边的染坊和银器作坊都庇护在用巨大麻石砌成的坚牢无比的古城墙下。我想，如果没有古城墙就不会有穿街走巷的“米豆腐”担子，也不会有回龙阁吊脚楼的楼群，更不会有能将全城风光一览无余的廊桥——虹桥……

走过古城墙，眼前豁然开朗，欢畅的跳岩映入眼底——那一方方的岩石如音符在逶迤而下的江面跳跃、在水草婀娜舞姿里矗立。我是一个性情中人但不是一个感情外向的人，激烈的现实早就磨炼了我情感的内敛，然而走过跳岩，静坐江边，环顾身边的那山那水那吊脚楼时我的眼睛湿润了，我知道，那久违了的情感在眼底释放，而我任由这份情感像沱江一样在眼底缓缓涌动。

凤凰是美的，沱江是美的，而沱江上最美的要数虹桥了，虹桥美得让你留恋每一块青砖，甚至想拥抱每一根廊柱。曾经有人这样说过，看过虹桥，你会生出恋爱的欲望——看过凤凰，就恋上凤凰！站在横跨沱江的虹桥上远眺清波默默的沱江、悬于两岸木柱撑起的吊脚楼群，还有夺翠楼、万名塔等依山傍水的秀色，你才体会得出为什么新西兰诗人艾易·路易来到凤凰时称其为“中国最美的小城”，为什么著名旅美画家陈逸飞初见凤凰时不敢动用他的画笔，为什么台湾著名作家三毛来到凤凰时热泪涟涟……

我想在这个叫作“凤凰”的地方打开我的情结，不承想凤凰又在我心里打下了更美丽的结。

啊！我的凤凰！我的古城！我永久的怀念!!

兰天高铁

兰天高铁开通了，早就想着坐上体验一把。当即在网上订了票，匆匆赶往兰州西客站，随着潮水般的人流，登上开往天水的动车。一声长笛，高铁像离弦的箭，向东飞去。美丽的河滨城市兰州，一掠而过，恍惚中，身旁的客人说："太快了，我的眼睛都晕了!"又有人说："这比坐飞机的感觉还好！"喜悦之情溢于言表。

我还沉浸在兴奋之中，火车已稳稳地停靠在通渭车站。车门打开，几个农民装扮的汉子上了车，当时，车上已无空座，他们毫不在乎，随便找个地方站在那儿，脸上挂满了笑容，其中一人小声说道："我们通渭终于通铁路了。"几人听罢，会心一笑。

火车又启动了，铁路沿线一片金黄，滚滚的麦浪从窗外掠过，映着农家人的脸庞，透着庄户人的希望。

此情此景，将我的思绪带回到二十年前。那时，从故乡陇南的一个偏远县城到兰州，每天只有一趟班车，早晨五点天还没亮就发车了。大概是1996年的冬天，我被借调到兰州工作，早上四点钟，我提了一个大包，想到车站坐班车赶往兰州。由于冬天的早晨又黑又冷，看门的大伯一直不肯起来开门，好不容易等大伯慢慢悠悠地开了门，我扛着大包，一路小跑赶往车站，快到车站大门口时，黑暗中远远看见班车闪着车灯慢慢出来了，我边跑边招手喊叫，那班车师傅可能没听见，一点没有停留的意思，还是晃晃悠悠地走开了。我肩扛大提包在班车后面边跑边喊叫着一路追赶，有二百多米，前边的班车停了一下，可能是在路边拉了一个客人，等我快要赶上时，车又慢慢开走了。我紧接着追赶，追赶，班车后灯越来越远，越来越远，慢慢消失在黑夜中。我跑得上气不接下气，一屁股坐在路边厚厚的积雪中，再也起不来了。心想着如果今天赶不到兰州，就没法参加明天的会议。怎么办呢？想着想着，眼泪就无声地掉下来了。

在天寒地冻、漫天风雪中，我一个人不知在雪地里坐了多长时间，直到屁股被雪润湿了才慢慢站起来，又返回汽车站，想着先赶往天水，然后绕道兰州。

还有一次，也是一个初冬的晚上，我和一个朋友六点钟从兰州汽车东站出发前往天水，按车站标示的路程，夜班车行进十二个小时，明天早晨最迟七点就到天水了。谁知，夜班车刚出发，就开始下雪了，刚开始下得小，车越往前走雪下得越大，到定西加油站我们上厕所时，雪已经有四五厘米厚了。我和朋友各穿了一件风衣，车上又没暖气，冻得全身发抖。雪大路滑，夜班车开得很慢，等我们到天水市时已经是第二天下午两点多了……

往事历历在目，记忆如昨。这些年，我也走过不少地方，道路交通发展是亲眼所见，亲身经历，可谓是一年一个样儿。现在回老家，高速公路直达祁山堡，以往要两天的路程，现在只需四五个小时。国家的富足和强盛，首先反映在老百姓的日常出行上，每当我回老家喊苦叫累时，妈妈都会嗔怪我说："你爷爷原来从老家去一趟兰州，来回起码要半个月呢，现在这么好的条件，你还不知足?"

前人栽树，后人乘凉。几代人几十年来勠力同心、艰苦创业、无私奉献，才有了今天的长足进步。不用说交通，我们的衣食住行，也已是今非昔比。我们这一代人，也曾经历过艰苦岁月的磨炼，而我们的子女，正在享受着时代发展所带来的优越生活。

我还在胡思乱想，火车已到达天水南站。出了车站，朋友们正等候在出站口，上车后我先发一通感慨，从高铁说到科技，从科技谈到教育和国防，渐次而下，感叹我们伟大祖国的强盛。朋友也有同感，笑着说道："高铁时代来了!"我忽然说道："你们说，什么是高铁时代?"

一位朋友道："高铁时代嘛，就是早上在你们兰州吃牛肉面，中午到我们老家陇南吃热面皮，吃猪油饼!"

一言出口，众人开怀大笑。

业余时光

在朋友眼中，我是爱吃苦的人，每天都把自己弄得闲不下来。工作之余，要学古诗词、看历史书、写作投稿、临习书法，周末还要徒步、节假日旅游，简直就是一个停不下来的陀螺。“干吗这么折腾自己呢?”朋友们总是劝解。

是啊，生活这么辛苦，何必呢？但我乐在其中。起初背诵古诗词，是因为从小就喜欢，后来背着背着，热爱了，欲罢不能。看书阅读，是因为手机屏幕小，我怕费眼睛，所以选了纸质书。写作是十几年来的爱好，舍不得丢掉，何况既能赚稿费还有成就感。至于多年来坚持临写书法，这自有其中的无限乐趣。徒步，是因为喜欢闲逛、散淡。而旅游，则带给我学习的动力。我很少跟团游，出行自己做攻略，在这个过程中，了解城市的风土人情、

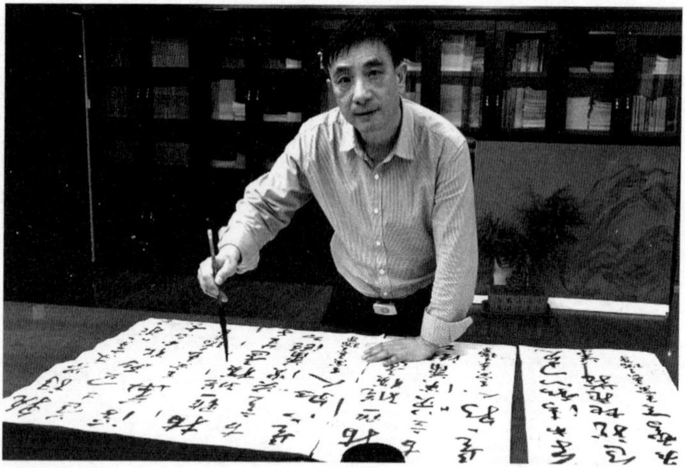

进程发展，重点攻克一些历史知识和景点。比如去南京，六朝古都、大明王朝开国史及科举考试等一系列历史知识，我回家都进行了再次温习。重读《明朝那些事儿》，百度“六朝”的来龙去脉，把所有写“六朝”的古诗复习一遍，还将科举考试弄了个大致清晰。这样一来，那些游览过的景点在我的记忆里熠熠生辉，旅游不再是走马观花。还有旅行中拍过的照片，整理上传到 QQ 空间，空闲时看，那些曾经的时光又带着美好的光影款款而来。

每晚临睡前，将手机放床头，打开喜马拉雅 App，听诗词讲解，听中国或世界大事记。多少年来，经常白天黑夜捧书阅读、低头打字写作，近来感觉视力有所下降，体力、精力大不如前，脖子、肩膀、腰背也常常疼痛。可是，业余时光无趣啊！与其闲暇时无趣，不如把时间花费在美好的事物上，至少颐养自己的心灵，帮助自己扩展知识的宽度。

做一个充实的大忙人，只为开心地度过业余时光。

期盼慢生活

2018年春，有幸陪同中国金融作协领导和来自全国十多个省的金融作家到红军三大主力会师的会宁、两当兵变纪念馆、大地湾文化博物馆等省内几家知名的地方采访体验生活。第三天下午到两当县，参观完红军街后，当地政府部门有一位领导讲话：欢迎各位到我们“慢城”来……后来和他专门聊起“慢城”的由来，他侃侃而谈：“我们这里是地处陕西、甘肃、四川交界的秦岭山区，素有‘秦陇之捍蔽、巴蜀之襟喉’之称，有云屏三峡自然风景区、灵官峡张果老登真洞，森林覆盖率高，人口稀少，全县只有五个乡镇，三万人口，都喜欢慢生活，特别是农人们，早晨起床后生火做饭、煮茶，喂鸡鸭，然后慢慢上地、慢慢耕种，慢慢收割……所以叫慢城。”

第二天早晨，我漫步在干净整洁的大街上，看着涓细而清澈的广香河穿城而过，我一下子喜欢上了这个叫“慢城”的地方。

我兰州邻居家里有个相熟的大哥，儿子今年二十六岁，大学毕业后在兰州市工作，但三年里至少换了五家公司。

每次他辞职之前，都会约我出来倒一倒苦水，说起自己在公司如何不被重视、离家太远、考勤太严……最开始我还支持他换工作，但直到他要换第五家公司时，我才突然意识到：谁在公司没有经历过压力、挫折或迷茫？每天准时出勤、完成工作，这难道不是每个人生活的常态吗？

终于，在他吐槽决定要第五次辞职时，我打断了他：“任何人去任何公司上班，都是为了生活、积累经验，而不是只是为了快乐。”结果，小伙子对我说：“上班太没劲了，我想过慢生活，想去云南腾冲开个小咖啡馆，简简单单，也挺美好的。”那次见面之后，小伙子真的就打包离开兰州，去了腾冲。看他的微信朋友圈，果然在当地开了一家咖啡馆，每天逛街、转悠、和朋友海阔天空瞎聊。

直到前不久，小伙子打电话给我，支支吾吾说要借钱，说进入了淡季，没什么客源，但日常开销还是要付的，他实在不愿意向家里要，他爸只会让他赶紧回老家找个正经工作，根本不理解他。我犹豫了一下，答应给他转一些钱，挂电话前，我对他说：“我帮你爸说句话，你别怪我。如果你的咖啡馆一直是靠花家里的钱运转着，那你过的就不是慢生活，而是啃老的生活。”

今年我决定在业余工作之余，抛弃一切闲杂事情，专心在家写一阵书的时候，好些熟人对我说："真羡慕你，有自己的爱好和特长，想唱就唱，想写就写，真正的慢生活。"

我敢慢吗？我真的不敢。我早上六点半起床，洗漱完毕后，立马赶往单位，吃完早餐后即进入紧张的工作中。中午吃完饭后临写一会儿书法，或者打一会儿乒乓球，便坐到电脑前开始写作。两点半上班后继续忙碌工作。晚上到家后紧接着查找、搜集、整理资料，写作，双休日更是抓紧点滴时间写作。

如果我能按时保质完成当天的工作和写作计划，那么，我的确可以挤出时间自由安排，买菜做饭、看闲书、聚餐、和挚友打扑克，等等。如果我能在一段时间内都坚持认真完成计划，那也许我就有时间出门旅行一阵子。但要是因为犯懒、松懈拖延了工作，我就得有那么几天不能好好睡觉，没日没夜赶工。

作家村上春树从二十多岁出版了第一本小说后，至今仍不间断地写作、出版。他把自己的一天规划得井井有条：清晨出门跑

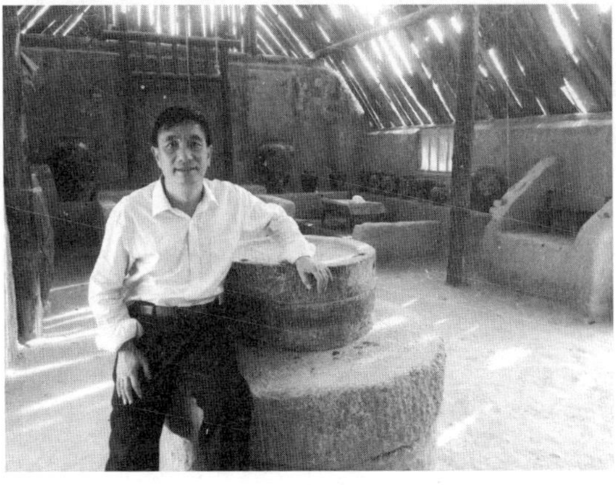

步，然后写作直至中午，下午学习，晚上社交。很多人羡慕他整洁、温馨的书房，有唱片、吧台、各种小玩具，如果你

能像他那样，每天坚持写作四个小时以上并长达四十年不间断，那么你也配有一间这样的书房，虽然里面堆满了好玩的一切，但当你工作时，你知道你不会受任何影响。

是的，所有你看到的，那些惬意、闲适、无拘无束、不受金钱困扰的慢生活，其实都是人生给予自律者的奖赏，是生活中某一个甜美的瞬间，但并不是全部与日常。

你敢慢下来，是因为深刻了解自己，然后，在其他人把时间用于打牌、扯闲、无聊发呆，甚至猜忌谩骂的时候，你做完了便可以停下来，把剩余时间花费在一切美好的事物上。

慢生活，是有底气的自给自足，而不是好吃懒做得过且过，所以当你再一次去什么古镇旅游，被小镇一切安详的居民和简单古朴的生活感动，觉得必须从大城市辞职，来这里安居乐业才不枉下半生时，请你认真想一想：打动你的，是不是这种生活的表象？又或者，你有没有维持这种表象的资本？

开咖啡馆、卖私房菜、做最有品位的客栈老板……这些事情，统统是严肃的生意，需要精打细算深思熟虑，只有做好完整的、可持续的商业计划时，才得以成立。若你把这些简单想象成一种生活方式、一条对抗朝九晚五工作的退路，很抱歉，那是一条死路。

无所事事、碌碌无为，并不是慢生活，而是消极地活着。只有努力拼搏，合理安排，才能真正过上你想要的那种慢生活。

从心底里，喜欢慢生活。

活出真性情

仔细回味，我最喜欢的有三件事：一是写随笔、心得和体会，将自己生活中的所感所想、所思所悟，特别是那些感人的发自内心的小事随手写出来，从头至尾，娓娓道来。二是书法，观赏书法，临写书法，像大书法家怀素的草书，百读不厌，忘情忘我。三是打乒乓球。我参加过大大小小的比赛不下百场，最初都是出于娱乐和完成任务。偶然一次，一个朋友观看了我打球，休息闲谈时说："打乒乓球是你最开心最幸福的时候！"后来我慢慢体会：真的是。我打乒乓球从来都是随心所欲，没有包袱，不贪名次，只想着放松、消遣、锻炼身体，从中体会快乐、真趣和真性情。

我的人生观若要用一句话概括，那就是活出真性情。我从来不把成功看作人生的主要目标，觉得只有活出真性情才是没有虚度人生。

一个人在衡量任何事物时，看重的是它们在自己生活中的意义，而不是它们能给自己带来多少实际利益，这样一种生活态度就是真性情。

一个人活在世上，必须有自己真正爱好的事情，才会活得有意思。这爱好完全是出于他的真性情，而不是为了某种外在的利益，例如金钱、名声之类。他喜欢做这件事情，则是因为他觉得事情本身非常美好，他被事情的美好所吸引。这就好像一个园丁，他仅仅因为喜欢而开辟了一块自己的园地，他在其中培育了许多美丽的花木，为它们倾注了自己的心血。当他在自己的园地上耕作时，心里非常踏实。无论他走到哪里，都会牵挂着那些花木，如同母亲牵挂着自己的孩子。这样一个人，他一定会活得很充实。相反，一个人如果没有自己的园地，不管他做多大的买卖，或者做多大的事，本质上始终是空虚的。

这样的人一旦破产，做事失败了，他的空虚就暴露无遗，会惶惶不可终日，发现自己在世界上无事可做，也没有人需要他，成了一个多余的人。

你说得活出个样儿来，我说得活出个味儿来。此生此世，当不当思想家或散文家，写不写得出漂亮文章，真是不重要。我唯愿保持住一份生命的本色，一份能够安静聆听别的生命也使别的生命愿意安静聆听的纯真，此中的快乐远非浮华功名可比。

人生最大的趣味，第一源自生命，第二源自灵魂。一个人只要热爱生命，善于品味生命固有的乐趣，他就会生活得有趣。

闲 逛

老家有个口头语："闲逛"。家里家外，街头巷尾，随时都能听到有人说"闲逛"。特别是晚饭后，大门口、马路边，随处可听见"你干啥呢?""我闲逛呢!""你干啥去?""我闲逛逛!"一问一答，话语间就渗透了随意、散淡和从容。

既然说"闲逛"，就先说说"闲"和"逛"二字。

"闲"，指没有事情做，没有活动。

"逛"，本义是跑、奔跑，引申义为趋向、走向，后指步行，现代汉语的"逛"相当于古代汉语的"步"。

故"闲逛"是在"闲"的基础上而"逛"，二者组成一个统一体，缺一不可。但"逛"可以随时随地，既可能是急匆匆地去执行任务，也可能是心事重重地去逛，还可能是漫无目的为寻找某一个目标去逛，或可能是……“闲逛”则不同，一个“闲”字限定了“逛”的方向、形式和任务，“闲逛”重在“心闲”。

我认为，“闲逛”自由从容，是无拘无束，是“天高任鸟飞，海阔凭鱼跃”。

闲逛无须陪伴，一人行最好，心无旁骛；三两人行也无妨，慢走也好，快步也无妨。

闲逛无须固定线路，也无须到风景秀丽的地方，即便是陈街陋巷，乡野陌上，假山小溪旁，街市菜摊边，甚至一条马路一条羊肠小道，都能逛出一种独特的趣味。

闲逛无须限定时间节点，也无须受时间长短所限，一切以“闲”为准。清晨傍晚都好，午间半晌也可，只要“闲”就可“逛”。清晨有朝霞、有悦耳鸟鸣，人流稀少，空气清新，可享受宁静之乐。傍晚可以从夕阳西下一直逛到华灯初上、夜空幽蓝，看着皓月高悬、孤星升起，听着蛙叫虫鸣，是多么美妙的事情啊！

因心闲而逛，能发现很多的生活趣味。

闲逛是人生中一种最美的幸福。

在背街小巷的地摊书铺间闲逛，说不定无意间就可能淘到几本好书，有时虽不是正版，但对我们这些喜读闲书慢度时光的人来说也物有所值，然后悠然地走回家，仿佛天地之大，趣味就在这手上的闲书之中。

闲逛宠物杂货市场也是一种享受。我不像其他人去宠物杂货市场是奔着目标去的，而是闲闲地走去，像看赵忠祥解说的《动物世界》一样，可以看到许多种自己不认识的稀奇古怪的动物，主要是宠物狗，这些宠物主人操持着不同口音讲得眉飞色舞，完全可以和各种宠物鸟的鸣叫相媲美。在杂货间逛逛，去看看百货杂陈，去看看真真假假的古董，甚或还能碰见说书的听一听，甚至留意一下，偶尔还可以淘得一两样小物件，真是幸哉乐哉。

闲逛菜市场更是一种享受。现在的菜市场不像我小时候，夏天冬瓜、豆角、茄子、辣椒，冬天萝卜、白菜、菠菜。现在的菜市场既不分四季，也不分山南地北，就是万花筒，就是要集世界所有之大成，集四季所有之大成，进菜市场就是进“蔬菜植物园”。小青年已经不知道什么是时令蔬菜，什么是当地菜。我们闲走菜市场，不像一些家庭主妇买菜，时间紧迫，而我们在节假日或晚饭后有的是时间，就是消磨时间来的，闲走着，在与菜贩们的闲聊中，不知不觉中就了解了很多蔬菜的产地、属性、烹调方法，就会根据自己的口味购买些菜品，真说不清是一举几得。

所以说，生活中的许多美，多少都会包含一点偶然。

所以说，闲逛也是生活中的一种美，更是人生中一种美好的幸福。

因闲而走，逛的是一颗自由的心，那是心闲的样子。

闲逛，是修身养性、内观养神。一定要用这扇门，把自己和外界俗事隔绝开来，身隔得以心静，心静进而内观。

闲逛慢行，内观养神，寻回本真，四处逛逛，我们会更加热爱这个世界。

愿我们趁此春风习习、百花盛开，习得一份闲心，走出困居斗室，在缓行慢走中，觅得一份悠闲和乐趣。

心闲散步

许多人把散步作为健身强体的运动，视为长寿之秘诀，是有一定道理的。否则怎么会有“饭后百步走，活到九十九”之顺口溜呢？又怎么会有“运动好比灵芝草，何必苦把仙方找”之说法呢？

我视散步为一种头脑的“腾空”。所谓“腾空”，就是把白天脑袋里装得纷繁复杂的事情统统忘掉，使大脑成为一张“白纸”，成为没有装饰、没有家具的空荡荡的“房”。头脑的“腾空”并非靠有意识的忘却就能奏效，而换一个全新的环境，很容易促进思维的转移，去掉那些杂念和烦恼，这就是换脑子，就是心理和精神的调节。所以，散步在清新、幽静的环境中才会有好的心情。

我刚参加工作时，单位所在地处在一个宽五千多米的狭长河谷平地，冒水河的河水潺潺流过。结束一天繁忙的工作，带着那颗疲惫的脑袋，独自漫步于河边。没有人声的喧闹，没有汽车的杂音，迎面拂着田野的清风，欣赏着一望无垠的美景，嗅着泥土的芳香，听河里淙淙的流水，那感觉，那心境，难以言表。那时的农村生态极好，没有一丝污染，大自然是魅力无穷的调色盘，春满大地，绿油油的麦苗一望无垠；夏日炎炎，金黄色的麦浪随风起舞；深秋时节，果园里透着露水的红红的大苹果压弯了树枝；隆冬季节，皑皑白雪给田野披上了一层银装。散步在迷人的色彩之中，散步在累累的果实之间，多么温馨，多么陶醉！岁月的沧桑，生活的尘埃，世间的烦恼，在我的脑海中已消失得无影无踪。

如今我从乡村调到城里工作已近二十年，虽然散步的环境不似当年的乡间那么安逸，但我仍然保持着散步的习惯。

这两个月晚饭后散步比较多。小区里，一家幼儿园的滑梯和蹦蹦床静静地立在那里，它们忙碌了一天刚刚休息；蔬菜店、小超市的老板们还在营业忙碌，热情地迎送着每一位顾客，没有一点已经夜晚快要打烊休息的倦意。

双脚踏在大地上，内心才能够安稳。傍晚，路灯和装饰灯渐次亮了起来，把金城映照得如同夜明珠。人流如织，扭秧歌的，跳健身舞的，活跃在每个大小广场。悠闲的市民，在夜市上与亲朋好友吃着烧烤，香气四溢。黄河边，波涛奔腾不息，不时有几艘灯火通明的航船川流而上，鸣笛穿透夜晚飘向远方。夜雾刚刚消隐，纳凉的人影稀稀落落。河对面水车园里飘来一阵阵歌声，心情打开，四周的空间变得异常辽远。

星期日，走到田野的边上，有时候会坐下来。庄稼在微风里摇摆着，墨绿的叶子把阳光切换成斑驳的幻影。八月，庄稼成熟的气息，慢慢向越来越高的天空逼近。我对这样的气息是如此迷恋。与顺遂自然的庄稼相比，我有些“弱不禁风”。我曾那么在意生活里的风霜雨雪。比如某种失意的雨，夏天过去后，它还会在我个人的冬季里持续淅沥。庄稼才是生活的大师，顺势顺时而为，有着自己的燃烧与寂灭，有着自己的春华秋实和梦想。

散步或疾行，都是一种抵达。走在街道上，看到的是更多的众生，或悠然自得，或行色匆匆，不一而足。人们的各自想法，被遮藏起来，偶尔通过目光和表情才能显露出来。欲望汹涌，我们被什么裹挟和淹没？

有一次，从医院体检完后回家，在路上，想到了生命这个宏大的命题。对于个体的人来说，即便目光炯炯能够穿过浮尘，也还有一部分注定成为飘落的灰烬。而生命的意义，就在于能够在浮尘里，为自己和他人增添些许亮色。

慢慢形成散步的习惯了。散步，让我重新认识了城市和自己。城市的化茧成蝶，在于坚韧和飞升的品质。自己又何尝不是如此？由原来的郁郁寡欢，变为现在的心灵松弛。走路对于身体而言，效果是厚积薄发的。晚饭后那种腹胀的感觉，慢慢消失。步行一两个小时之后，不再气喘吁吁呈疲惫之态。更为重要的是，且思且行，让性情变得平和与达观，更多了与大地接触交谈的机会。渐渐地，自己也具有了大地的某种属性——倾向于沉默，回归于本真。

一个人散步，犹如穿行于内心的河流，在喧嚣中守望孤寂，在孤寂中轻轻歌唱。思想的波光微微起伏，舒缓而宁静，清澈而纯粹。

静静地散步，将心融于美丽的大自然，回首岁月，思索人生，领悟生活的真谛、生命的意义，这样的意境是关在屋子里所感受不到的。有一年我去某地学习写作知识，后来又忙里偷闲到那里休假，两次加起来大概一个月时间，我总习惯于每日的黄昏漫步在海水浴场的沙滩上，眺望水天一色的湛蓝色的海面，耳听波涛撞击岩石发出的惊天动地的巨响。蓦然间，我的心灵净化了，杂念一抛而光，脑海一片空白，心胸像海天一样宽广。此时此刻，我真正感悟了雨果的名言：“世界上最宽阔的是海洋，比海洋更宽阔的是天空，比天空更宽阔的是人的胸怀。”

路上的风景

祈盼已久的真正意义上的周末终于来了，给了我可以喘息的时间。

今年的工作出奇地繁忙，近期更是忙得像通了电的陀螺，连续四周的双休日全用来加班了。

周末，又重新把我打回了原生态。不用早起赶时间，无须衣冠楚楚，远离车水马龙，抛开电脑电话，忘掉文件会议，褪去职场的虚假面具，又可自然而然地慵懒、悠闲起来。

走出单元大门，深吸一口冬天和煦阳光下的新鲜空气，伸伸酸疼的胳膊和腿。一个人，不想开车，就这么慢慢走在暖阳下，漫无边际地随性溜达着。

喜欢独处。独处时，你能真真切切地感受生命，信马由缰地放逐思想，细细地体味生活，慢慢地回味过往。独处时的那种静美清灵，那种温馨惬意，那种安谧闲适，那种浪漫洒脱，那种清醒豁达，让心灵深处的某些东西可以轻柔地缓缓地释放。那时，你会突然发觉，贫穷并富有着，寂寞并温柔着。

抬头仰望，天空一片灰白，没有云朵，偶尔有一两只鸟儿静默着匆匆飞过。小鸟的出现，打破了天空的寂寞，增加了风景的内容，使寥廓的天空刹那间被点缀得生动起来。

生活中的某些忙碌和偶尔的劳累，何尝不是平淡生活中的一种点缀呢？没有忙碌的日子，你就感觉不到悠闲的惬意；没有劳累的生活，你就无从体会从容的可贵和轻松的价值。生活中的忙碌劳累，是人生旅途中的别样风景，是一种情调。正像天空有鸟儿掠过，为单纯的底色增加了一点灵动的色彩一样。我忽然感悟到：人，忙碌着是一种难得的幸福，而劳累是惬意休闲的真正使者。

黄河岸边，湛蓝的天空中，高高低低飘着几只风筝，有蜈蚣状的，燕子状的，雄鹰状的，还有京剧脸谱状的，红的，绿的，黑的，蓝的，煞是好看，给兰州日渐高远的天空增加了些许生动。

风筝无论飞多高，终究是被牵在手中的。放风筝的时候这些道理都懂，可现实生活中，遇见类似的事情，迷糊者却是屡见不鲜的，自然也包括我在内。

懂也好，不懂也罢，只要有风，只要线在手中，风筝依旧会扶摇直上。其实，放飞的是一种闲情逸致，是一份豁达通透的好心情。道理就在其中，慢慢悟吧。

一束束阳光，围绕着我，忽上忽下、忽左忽右，忽明忽暗，嬉戏纠缠着，不离不弃，就像某些快乐和幸福，纵使你自己愚钝感知不到，但它却像阳光一样悄悄地追逐着你，亦步亦趋……

风，踮着脚尖在树梢上舞蹈，拉扯着衣衫在尘土中翻卷，忽儿撩拨你的长发，忽儿掀飞你的衣衫……轻舞飞扬地掠过天际，让白云为之手舞足蹈。此时，我忽然想起《菜根谭》上的句子：宠辱不惊，闲看庭前花开花落；去留无意，漫随天外云卷云舒。

我上路了，去寻找这样的风景。

黄河岸边的风景在不断变换，我边走边欣赏映入眼帘的那一幅幅千姿百态的风景。

风景，一个多么美好的词组啊。一个充满了万花筒般的光影组合。风，看不见，摸不到，抓不着，虚无缥缈。景却是实实在在的物象。风景，是一幅幅美妙无比的光影图像，但老去的时光总会把曾经美好的风景幻化成久远的模糊的记忆，最终浓缩在人的脑海中就是一幅幅微型的影像了。我想，风景无论怎样变幻，留存在心底的，永远都是那一低头一回眸间的无尽温柔。

我喜欢在路上看光影流转里的风景，就像有些人，有些事，来了走了，发生了结束了。

风景年年有，春来草自青。可人呢？

人生如花，尽管短暂，但都是精彩，即便繁华落去，寂寂寥寥，也是一种超然的美丽吧！

西湖的二月

单位规定，驻村扶贫人员一个月在村里要住够二十天，其余十天可以在家休息。我特意利用了这个间隙，二月末，跟单位请了假，一个人出去旅行了。

这次旅行的第一站是上海。当晚十点多，逛了有名的淮海路和南京路，感觉不像人们说的有一股古旧和优雅，只是繁花似锦，人流如潮。最美的还是夜幕下的黄浦江边，灯光摇曳，千帆远影，高楼林立。

杭州是这次旅行当中的重头，因此也就多了被反复欣赏和品味的机会。最主要的是杭州有西湖，而我对西湖有一种特别的情愫。在我还是幼年的时候，就常听大人们说“上有天堂，下有苏杭”，我由此也对西湖有着无限的向往与憧憬，从大量书本中搜集关于西湖的资料。文人墨客对于西湖的描写先入为主地占据了我的内心，我认定那里应该是天下最美的地方。然而五年前当我第一次走近西湖的时候，我失望了，还有一点伤感，可我还是不愿就这么轻易地把西湖从心里丢弃，于是我给失望找了很多理由：天气太热，来的季节不对；跟旅行社出来就是走马观花，路线由不得自己选择；赶在暑假期间，人太多，人一多就破坏了风景……这几年，遗憾就这么一直在心里面搁着，总想找一次机会重游西湖。这一次我终于如愿以偿，设计了一条最满意的路线——杭州—乌镇—婺源。早春二月，我怀着对西湖的思念与期待，来到杭州。

3 月 20 日凌晨一点三十到达杭州，虽然事先看了天气预报，知道江南一带一直有雨，但下了火车，激情还是被湿漉漉的夜给降了温。出了站台，在雨中慌忙打了一辆出租车，上了车心里不免有一点紧张，因为已是午夜，在陌生的城市，雨夜的街道上车

辆很少，这时候心里开始有点后悔，不应该这么急着奔向杭州，应该在上海住一晚，坐早班的车往杭州。司机问我要去哪里，我把事先在家里就查好的酒店告诉他，那是一个靠近湖边的酒店。司机好像感觉到我是专门到杭州玩的，就说住在湖边游西湖是最好的了，一早一晚都可以在湖边漫步，此时是杭州一年当中最好的季节。听他这么说，我紧张的情绪稍微缓解了一些。到了酒店，已是凌晨三点多了，按我的计划，早晨是要在西湖边漫步的，于是我简单擦了擦头发就上床睡了。

早上七点醒来，拉开窗帘看到外面仍然在下雨，心里不免惆怅起来，但转念一想，雨中在西湖边漫步未尝不是一种特别的感受，精神马上又振作起来，迅速穿好衣服，到餐厅吃了早餐，然后到超市买了一把雨伞，问了方向就朝西湖走去。

我撑着雨伞在湖畔一边走一边拍照，雨滴打在湖面上，溅出千万个小酒窝，让人感觉非常有趣；游人很少，拍照非常轻松，远近的景致自由取舍，心情豁然开朗，连日来的阴郁心情像一片云被风吹散了。

在湖畔走了一段路后，我雇了一辆车子，开始绕湖畅游。因为游过一次西湖，对一些景点有印象，这次又查了地图，阅读了一些有关景观的材料，所以就省了很多时间。到达一处景点，首先找到最主要的点拍照，然后挑一些特别之处走一走，感受、品味西湖那独有的韵味。雨中游人稀少，反而让我有了意外的收获，在氤氲的雾气中，亭台楼榭若隐若现，仿佛身处仙境之中，让人即刻忘记尘嚣的烦忧。

绕湖一周后，我来到白堤的入口。上一次我只是在苏堤走了一小段，这一次我要从白堤一直走到苏堤，然后从苏堤的另一端出去。白堤上游人很少，似乎都是年轻人，又以情侣居多，这不禁让我想起了白娘子和许仙的故事。

西湖的大自然保护得很好，在湖畔漫步的时候我看到许多松鼠在树上树下跑来跑去，还有很多不知名字的小鸟从树叶间飞落到草地上，蹦跳浅啄，婉转莺啼，一点都不怕人。而白堤的林木则更密、更葱郁一些，松鼠、鸟儿也更多了，它们都不怕人，甚至就站在你的面前观察你，很是可爱。我沿着白堤悠闲地散步，什么都不去想，遇到特别的景致就举起相机拍照。白堤走了一半的时候，我决定坐小船，那种划桨的、有篷的小船。上了船，收起雨伞，雨点簌簌落在湖面上，远处的小岛雾气蒙蒙，近处有几只野鸭在湖面静止不动，野鸭旁的水鸟在湖面忽高忽低地飞，这样的美景恐怕只有春日雨中的西湖才会有。

坐了一会儿小船，重新上岸，白堤已到头，开始进入苏堤。苏堤和苏东坡有关，当年是他倡导修建了这条长堤，不承想竟成为现代人十分欣赏的一道亮丽的风景线。有一点点遗憾，季节稍稍早了一点点，看不到桃花与柳叶互相映衬的景象，但这就如同看日出一样，太阳光芒万丈的瞬间固然好，可初升的红日更让人回味无穷。缀满嫩芽的柳树与花蕾满枝的桃树仿佛是青梅竹马的一对儿，默默地注视着对方，只等着那热烈呼应的一刻。在苏堤的尽头，花港观鱼的景点吸引我驻足观看了一阵，金红的鲤鱼成群结队地嬉戏，给人一片生机盎然的感觉。这次能把白堤、苏堤完整地走下来真的是一个很大的收获。

按照事先的计划，三个愿望没有实现。第一个是月夜在湖上泛舟，而这个愿望是最难实现的。还好，虽然不是月夜，但雨中泛舟也是难得，不是更有情趣吗？第二个是傍晚在湖边漫步，这一次只在清晨于湖畔漫步了。把这个愿望留给下一次吧！下一次，与挚友相约一起来，在清晨，在傍晚，于湖边轻轻漫步。最后一个愿望就是骑自行车游西湖。这是杭州西湖特有的一道风景，市民只要办一张公交卡，就可以随时随地在湖畔、苏堤和白堤找到自行车，刷卡骑车，随意放到停车点就可以。可惜天一直下着小雨，这个愿望不能实现，我相信骑着车子畅游西湖一定是特让人心情愉悦的事。

再见西湖，期待下一次相遇。

天上的西藏

走进西藏，一直是我的梦想，理由只有一个：灵魂的净化和升华。

2018 年 9 月 29 日下午，我和两个朋友乘火车从兰州出发，开启了西藏之旅。

隔着车窗看静谧矗立的雪山，被这苍穹下黑幽幽的苍岭与白雪、蓝天交相辉映所创造的大自然变奏曲震撼和吸引着，每一处无不撞击着我柔弱的心灵，感觉有一种无形的力量支持着我，使我的身心趋于坚强。

30 日中午，怀着对西藏深深的敬意，我的脚步终于踏上了这片神奇的土地，感受着西域高原的雪山，感受着悠久的藏地文化，

渴望能够带来一次心灵的质变……

从龙王潭公园人工湖前开始，环绕着布达拉宫转了一大圈，感受它的雄伟和庄严。伫立在布达拉宫广场翘首仰望，只见殿宇巍峨入云、曲径回廊、重重叠叠。那拔地凌空的气势，金碧辉煌的色调，真如天上宫阙一般。那是整个雪域高原和藏文化最灿烂的象征。

31 日从拉萨到林芝，四百二十多公里，八个小时的行程。穿越米拉山，途经茶马古道，沿着尼洋河畔，奔向人间仙境雅鲁藏布江大峡谷。晚上，我们赶到林芝市米林县玉松村大峡谷景区内，住在村长家，品尝了石锅鸡，体验了夜晚拍星空的过程。深夜，我们来到村里的田间地头，冷风嗖嗖地刮着，四周一片漆黑。由于天气的原因，深夜的星空拍摄失败了，但我们没有丝毫的沮丧，不言败、勤于尝试是当晚最大的感悟。

10 月 1 日清晨，天还没有亮，我们就来到了大峡谷的观景台，迎接新一轮太阳冉冉升起。大峡谷路口处是南迦巴瓦峰，在蓝天白云下，纯净的阳光斜映在雪山上，苍翠欲滴的松柏与雪山相映，绿水草甸间的黑色褐色牦牛在悠闲散步。极目远眺，江水碧绿如玉，南迦巴瓦峰云雾缭绕，格外俊美挺拔，此时的雅鲁藏布江大峡谷凝聚了所有的美，张扬着狂野，令人如痴如醉，流连忘返!

10 月 2 日，从林芝赶往波密，当日下午来到了桃花沟噶朗村。此时的林芝，寒意已来，色彩斑斓，目不暇接。远方的雪峰白雪皑皑，近处的红、黄、白、绿各种色彩争相斗艳，秋天的果实在雪山的环抱中无限柔美。

国庆期间，我们错过了林芝的桃花节。三面环山的桃花沟，溪水从山顶倾泻而下，涧边长满了野生桃树，树冠高大，树干粗壮，很像繁茂的梧桐。无数游客远离城市的喧嚣，来到青山绿水、蓝天白云的林芝，感受山水间的自然、和谐与美丽。

10 月 3 日清晨，我们来到米堆冰川。米堆冰川位于波密县玉普乡布流村，是西藏最主要的海洋型冰川，也是中国三大海洋冰川之一。从米堆村出发，步行两公里，雄伟的冰川就呈现在眼前。雪峰洁白无瑕，在阳光的映照下闪烁着耀眼的银光，蓝天白云映衬着雪山冰川的圣洁，冰封着的湖泊静静地仰望着圣山，似银碗里盛雪，素净的美，再次震撼着我……

下午，我们来到然乌湖畔。然乌湖位于昌都市八宿县境内的西南角，是由于山体滑坡或泥石流堵塞河道形成的堰塞湖。它的西南有岗日嘎布雪山，南有阿扎贡拉冰川，东北方向有伯舒拉岭。这里没有忧伤，没有烦恼，没有怨恨，高原的风就像这清澈透明的湖水，静静地洗净心灵的创伤、尘世的庸俗。万籁俱寂时，我深深地陶醉于然乌湖迷人的夜晚，月亮羞涩地躲在云层里，几颗星星隐约闪烁。月色隐去了一切余赘，万里高原笼罩在一片神秘的夜色中，唯有山脉的雪顶泛着银色的光芒，分开了水天一色的苍茫……山光水色，浑然一体，我不禁沉迷其中，感受那种追古思今、意味悠远的意境!

10 月 4 日，我们随着旅行社的车辆又远赴羊卓雍湖、日喀则、纳木错……

西藏对于我来说，永远那么华丽而充满传奇。即使我不远万里地来寻它，它依然对我若即若离地保持着微笑。这种微笑是一种距离，让我始终无法靠近，无法融入。我知道这种距离是两种文化、两种信仰、两种生活方式的距离。但是走进西藏，终究是完成了我的心愿，内心得到了洗礼，让我遇见了更好的自己。

微笑的力量

听大人们说，我从小就爱笑，眼睛透着亮光，眯成一个月牙形状，嘴角翘起，露出洁白的牙齿，特别招人喜欢。到长大与人交往的时候，微笑就常驻了。如今，我已进入中年，即使是个人独处的时候，微笑也是时现时隐。可以说，微笑伴随了我几十年。

前几天和几位知心文友一起探讨写作，在恬静的音乐声里，我们一边喝茶一边说着写作的趣事，不知不觉中，我会心地笑了，有个文友说："你笑起来真喜庆！"

对于微笑，我在孩提时曾有过一次刻骨铭心的经历。我上小学四年级的时候，一次同学们上体育课做游戏，一个蛮横的大个子和我发生了小小的争执。他出言不逊，用极其难听的脏话骂我，语言涉及父母的尊严。我怒不可遏，出拳打了他。事后，我受到学校“记小过一次”的处分。

那天下午，校长约我去办公室谈话，我磨磨蹭蹭、左顾右盼地“挪”进了当时在学生眼里极为庄严神圣的地方——校长办公室。同学们十分爱戴的、已届中年的男校长跟我进行了十分钟的谈话。他神色严厉地训斥了我，吓得我头都没敢抬起来。他训完后，表情骤变，亲切地对我说了最后一句话：“当然，打人是不对的，但你从小就知道维护父母的尊严，还算……你走吧。”我离开校长办公室时，他冲我微笑了一下。哎呀，他那一笑，驱走了我的不安情绪和抵触心理；他那一笑，传递着一个我当时似懂非懂的信息。那眼神、那嘴型、那表情，深深地烙印在我的心灵上，记忆犹新。

后来，我到省城上班，从事文秘工作。有一次给领导写材料，中间牵涉两个地名：武威、武都，由于晚上加班太晚，都到第二天凌晨 5 点多了，我就将地名“武威”粗心地写成了“武都”，上班后就交给了领导。会后，引起了大会参会者不小的错觉。散会后，领导严厉批评我：“你怎么能犯这么低级的错误呢？”我无地自容。中午吃饭时，领导让我坐在他身旁，边吃边微笑着说：“你来省上工作时间不长，还不熟悉全省的基本情况，平时一定要多学习，多思考，多看多写多问……”看着领导那和蔼的发自内心的微笑，那低低的像长辈似的教诲我受宠若惊，我一下子释然了。从那以后，在多年文字工作中，我再没有出过一次大一点的错误。

我在兰州参观过一次欧洲名画复制品流动展。那是国外一个著名的艺术博物馆组织的全球范围的大型展览活动。那天，我漫步在充盈着浓郁艺术氛围的大厅里，听见远处传来一阵惊叹声，蓦然回首，见到了《蒙娜丽莎的微笑》，我一下子被她的美震慑住了。我久久地凝视着，仔细地端详着，这其中蕴藏着多少人生的哲理和美的奥妙啊！她眼睛微眯，嘴角微翘，表情恬静，态度安详，透露着一种母爱式的真诚和温馨。她那微笑就是一首迷人的乐曲、一篇令人遐想无穷的诗歌。在刹那间，我领受了一次审美的震撼，心灵上深深镌刻下永不磨灭的箴言：微笑，我的信仰。

我曾领略过林林总总的令人难忘的微笑，而让我最心仪、最倾倒、最崇仰的是近期看到的一张独特的相片：一名年轻的白衣天使摘下了护士帽和护面罩，显露出剥光了头发的面庞，额部是一道深深的压痕，鼻头贴着防擦的胶布，满脸的汗渍甚至来不及擦一下。就在这略显尴尬的闪光瞬间，这位护士依然给人们一个耐人寻味的浅浅的微笑！我凝视着照片，脑海里还原着这位护士平日的模样：漂亮的脸颊，飘散的长发，白皙的皮肤，爱笑的个性。也许她刚刚结婚，也许她刚刚离开出生不久的宝宝，也许她家中多病的父母正急需照料，也许……

从浅浅的、多少让人感觉些许苦涩的微笑中，我读到了无私、奉献、坚守、担当、信念……我想，这难道不比名画中的微笑更美丽、更高贵吗？一个是艺术的创造，一个是生命的本色；一个是美丽的向往，一个是生活的原生态；一个让我们赞叹欣赏，而另一个则令我们感动、鼓舞与景仰。

微笑是人类最真挚、最友善、最美好的表情，微笑是亮丽人生的剪影，是生活幸福的速写。微笑，拒绝一切伪装、隐瞒、虚假、欺骗。那形形色色的悖逆真诚的虚笑、假笑、阴笑、狞笑都将在微笑面前露出原形，无处逃遁。

我们赞颂的微笑其真谛就是爱，就是我们永远追求和憧憬的真爱、大爱。它是一个心灵通向另一个心灵的桥梁，是一个祝福联系着另一个祝福的纽带。微笑，蕴含着我们的真诚、友善、和睦、互爱的价值观，我仿佛看见太阳在微笑，月亮在微笑，高山在微笑，大海在微笑……

闲写作交流

代后记

由于闲杂事多，我把初入职场好几年养成的写日记的习惯慢慢丢掉了。后来因为搬家，发现压在书柜最底层的十多本大小不一、色彩各异的日记，当时也没在意，甚至想着和其他一些杂书一起交了废纸，幸亏在一旁的朋友说，你慢慢再筛选一下吧，也就无意识地留下了。偶尔一个失眠的夜晚，翻阅旧书，突然就翻到那多本日记，这一看，我一下子被带进了那个初入职场纯洁烂漫的时日——这真是我“记忆里的细节和碎片”。

这是一个十七八岁少年的遐想，酸甜苦辣、喜怒哀乐，有对人生的憧憬和向往，有对生活的疑问和迷惘，也有很多烂漫的、天真的、单纯的情感奔涌。

我是一个金融工作者，上班之余，就看一些自己想看的书，写一点自己喜欢的文章。一个月辛苦挣来的那点钱，经常就变成各类书籍，放在单位、家里的书桌和书柜中。我有好多年长的朋友都喜欢购书读书，家里都有大大小小的书柜。可是，我发现，现在身边比我年龄小的朋友家里很少有书柜，日常购书也很少，偶尔有几位爱读书的，都说读电子书好，花钱少，携带方便，简便易行。可我总喜欢读纸质书——能够慢慢细读、品味，有些特别精彩的语句或段落可以摘抄下来，闲暇之余反复吟诵，别有一番滋味。

工作之余，我也会写一些散文和杂记，特别是偶尔灵感闪现时，充满灵性的文字在心中奔涌，大半夜起来，赶写一些趣事、心得体会和生活感悟。我的笔下，是恣意盛开的向日葵，是一望无际的金色麦田，还有那开得炫目的一树一树的桃花……

我的写作来自内心，来自对世界、对人生、对金融深深的挚爱：源于生活，表达自我。

当今出版的书籍浩如烟海，我总认为，以我微薄的一点心灵感悟，能够发出一点萤火，力求照亮心灵。很感激我周围众多的良师益友、同事朋友、亲人姊妹，他们指导、鼓励、帮助我，也使得我努力了几年的拙作得以付梓。文中不妥之处还请各位读者不吝指正。

作者

2022年9月28日于兰州